往事窦城

于博◎著

时代出版传媒股份有限公司
安徽文艺出版社

图书在版编目（CIP）数据

窦城往事 / 于博著. -- 合肥 ： 安徽文艺出版社，
2023.7（2024.7重印）
ISBN 978-7-5396-7568-8

Ⅰ．①窦… Ⅱ．①于… Ⅲ．①中篇小说－小说集－中
国－当代②短篇小说－小说集－中国－当代 Ⅳ．
①I247.7

中国版本图书馆CIP数据核字（2022）第193554号

出 版 人：姚　巍

责任编辑：周　丽　　　　　装帧设计：汲文天下

出版发行：安徽文艺出版社　　　www.awpub.com
地　　址：合肥市翡翠路 1118号　　邮政编码：230071
营 销 部：(0551)63533889
印　　制：安徽芜湖新华印务有限责任公司 (0553)3916126

开本：880×1230 1/32　印张：7.625　字数：170千字
版次：2023年7月第1版
印次：2024年7月第2次印刷
定价：79.00元

善良是文字的心，寂寞是文学的魂

（代序）

近期，我在业余时间做两件事：第一，准时收看根据梁晓声同名小说改编的电视剧《人世间》；第二，欣赏品味于博的文字。两个人放在一起，没有贬低梁老师的意思，也没有抬高于博的想法。双轨进行，我也感慨颇多，为此还写了一首诗，一吐为快：

一夜之间，青色满山
醒着的人，用月光洗脸
路，走在路上
盐，一把把掏空了陶罐

最轻的枝头颤动
还是，最柔软的水点睛
我不回答风的问题

我只每天不重复地吹拂

还有五步
就会到达自己的裂缝
我有足够的耐心

听雨的耳朵开出花朵
每一片叶子，都用尽赞美
蚂蚁爱上了草籽的一生

大地虚掩，等着你
敲门回来，带着苦杏仁味儿
一万年也是如此

尽管我和于博的个头都不高，但庆幸我们手中有笔，胸中有一颗火热跳动的心，我们的写作灵感来自生活，我们的文字高于生活。

于博的这部中短篇小说集收录了从2018年开始创作的中短篇小说数篇，分为两部分，第一部分"峥嵘岁月"为抗联题材的小说，第二部分"历史风烟"为历史小说。

于博自2017年开始文学创作，在继两年前结集出版一部小小说集《寻找蓝色的眼睛》后，在短短两年多的创作实践中，又结集出版中短篇小说集《窦城往事》，仿佛时光又一次重来！于博厚积薄发，收获颇丰，可喜可贺，文字可圈可点。

于博始终把目光聚焦于东北抗联，浓墨重彩地描摹那段峥嵘岁月，不仅创作出主题鲜明的中短篇小说，还写出了大量的反映东北抗联题材的小小说，并创作了反映东北抗联题材的电影剧本，该电影在央视电影频道播出。

于博为什么对抗联题材情有独钟，以至于成为他的生命情结呢？

他生活的绥化市是革命二类老区，也是抗联将领赵育才、李兆麟、于天放等人率领抗联部队浴血杀敌的主要活动战场，这里有许多抗联遗迹，流传着许多抗联英雄故事，这些遗迹和故事为他提供了创作源泉，触动了他敏感多思的心，情感油然而生。同时，于博因工作关系接触了大量抗联史料，于是他拿起笔写英雄的故事，可谓就地取材，情不自禁。

于博说，抗联是中华民族反侵略、争取民族独立解放这一伟大史诗般的斗争中极其绚丽浓重的一笔，不该被人们遗忘，更不应该成为文学创作的"薄弱区域"。他的第一篇短篇小说《血性"把家虎"》发表在《章回小说》上，后被扩写成中篇小说《把家虎》。该中篇小说获首届师陀文学奖优秀作品奖，值得庆贺的是，它被改编成同名电影，该电影于

2020年12月19日在中央电视台电影频道播出。

现在，作者一直坚持写抗联题材的故事，包括已出版的小小说集《寻找蓝色的眼睛》就专有一辑描写抗联故事。可以说，英雄情结已经融化在他的血液里，铭刻在他的心头。

我认为，作者把目光和笔触倾注到红色题材，这是一件好事，应该坚持写下去。英雄题材、爱国题材是文学创作的不朽篇章，永远不会过时，而且会历久弥新。这种地域题材的开发建设，从艺术认同角度说，也是大有裨益的。

《把家虎》里响起了女当家的冲天一啸，《对枪》亮出了各自拿手的底牌，《飞舞的红盖头》染红了嘴角的一丝晚霞。用文学为家乡结绳纪事，大善也！

于博的历史小说本着大事不虚、小事不拘的原则，一幕幕地还原着历史事件的真相，也一笔笔地精雕细刻人间百态和人生百相，感受世事冷暖，在嬉笑怒骂中道尽心中块垒，引发读者思考——历史总是重复地上演。

于博认为小说还是要以讲故事为主，当然，语言、结构也是必须的，一篇小说只有具有扣人心弦的文学性，才有艺术感染力。

于博笔下的故事，追求"演义"的效果，电影镜头感强，好读又好看。一环扣一环，情节曲折，引人入胜。他笔下的故事也十分感人，写出了故事背后的人性。

他的语言富有表现力，夯实有力，掷地有声。

他善于挖掘营造人物心理，读心术也。

他能把东北方言巧妙地运用到作品当中，接地气，对表现人物性格确实起到了一定作用。

他的小说字里行间洋溢着一股侠义之气，硬起来像一阵阵破门而入的北风，热起来像酒壶里滚烫的烧酒，坦荡如漫天大雪纷飞，覆盖大地。

这和他的性情十分相似，所谓相由心生，文如其人。

他有他的创作体会，他认为文学的基本功能不能丧失，要兼收并蓄才好。传统不意味古板、不创新、不唯美、不发展。也就是说，小说也要有诗意和意境，就像书法和绘画一样，要讲究味道，讲究美感，《绿蝈蝈如同一片树叶》、新作《英蓉的秋天》尝试新手法的运用，有小说的风骨，也有散文的味道。

他在小说中善于铺设营造出不同的场景、不同的心境、不同的人生命运，一唱三叹，九曲回肠。

于博是个多面手，刀枪剑戟，样样皆通，小说长短游刃有余；散文有板有眼，颇见功力。题材选择上，也是跨越古今，涉猎大江南北，如《鎏金铜蚕》《碣滩传奇之乱世情茶》等。

于博现在还经常从事公益文学讲座，令我很钦佩。一个作家必须拥有家国情怀，必须对社会尽责，这样他才能写出好作品。

文学可以修身养性，可以安慰心灵，它既表达一个时代，也预言一个时代。我们活到这个岁数，一点点明白了金钱、权力什么都是浮云，都是身外之物，唯有读书高，唯有文字高。文学是高贵的，不卑不亢，自己就是自己的王。

我们写作，有我们的快乐。精骛八极，心游万仞，与天地通灵，与万物交心，可随时回到内心与灵魂对话。

善良是文字的心，寂寞是文学的魂。我不敢不希望我们的文字是火，可以照亮一片，但我们的生命里程凝固成文字，像一块块路标，让我们回首过去，看清来路，走得更从容一些，就足够了。

能用小小的笔，运回生活一点甜，菜里一点盐，就足够幸福了。最后，以一首诗，献给于博，并与之共勉——

我不等着谁的出现
我的等待继续空着
像个逗号

一滴水，拥抱另一滴水
雨扶正风

一个我，丢下另一个我
一个我，又死死抱住我

善良是文字的心,寂寞是文学的魂(代序)

水挣脱冰，木挣脱树

推开门,使劲跺跺脚
黎明修补好黑夜的破绽

一条进山的路，不断打探流水
给祝福取个别致的名字
不最早，也不最晚
就稳稳地放在你的心间
像朵花含苞的模样，最好

王爱民
2022年2月21日于营口

（王爱民，辽宁营口人，中国作协会员，《辽河》文学杂志主编。文学作品获《诗刊》《星星》《扬子江》《诗歌月刊》、中国诗歌学会诗赛一等奖及李白诗歌奖、杜甫诗歌奖、曹植诗歌奖等奖项。作品刊载于《人民日报》《诗刊》等多种报刊，出版诗集《欣赏一种秋天的背影》、散文集《人间草木》等。）

目录
Contents

窦城往事

引子

1931年，震惊中外的九一八事变发生后，11月4日，日本关东军总司令本庄繁命令滨本大佐率领嫩江支队向我国东北重镇齐齐哈尔进犯。要想占领齐齐哈尔，嫩江大铁桥是必经之路。时任黑河警备区司令兼第三旅旅长的马占山临危受命，被张学良委任为黑龙江省政府代主席兼军事总指挥，率部抵抗。

侵略齐齐哈尔的日军装备极其精良，地上有步兵、骑兵，配有火炮、坦克等重武器，空中有大批飞机火力支援，而马占山将军的部队大多是临时拼凑的，人员数量少，战斗力差，且武器装备落后，给养不足。就在敌我双方实力悬殊的情况下，马占山部将士们同仇敌忾，前仆后继，拼死厮杀，战斗呈白热化状态，第一天，我军阵亡将士六百余人，毙敌一千多人。

7日晚上，马占山与前沿阵地联络中断，遂派身边的参谋、卫士分头去前线联系。驻守第二道防线的骑兵团一连官兵全体阵亡，前来联络的卫士朱凯捡起一支步枪，对着肆无忌惮低空飞行的日本战斗机扣动扳机，子弹出膛，喷着火舌，带着中华民族满腔的仇恨，射向这架庞然的钢铁大物。敌机在空中挣扎了几下，拖着黑烟一头栽到地上，发出一阵巨大的轰响，腾起一阵火球和烟雾……

史载，此后，日本飞机"不敢低飞"。

这是我军对日作战第一次而且是使用步枪击落日军飞机，创下了战争史上的奇迹。朱凯欣喜若狂："哈哈，日本人，你也有今天……"话音未落，一颗炮弹在他身边炸响，朱凯随着飞溅的泥土被抛向了空中——

此后的战斗更为惨烈。本庄繁不得不连续三次下达增援令，甚至从朝鲜调来援兵。日军第二师团司令多门中将率主力亲临前线，日军总兵力达三万。马占山此时兵力只是日军的三分之一。最后，马占山里无粮草外无救兵，战士"不得饮食，疲饿过甚"，陷入了绝境。

17日夜，敌我双方刚刚进行完一场殊死较量。敌人撤退后马占山他们也退到了昂昂溪——守卫齐齐哈尔的最后一道防线。此时，苍茫的暮色将四野笼盖，起起伏伏的大地显得格外深沉。渐渐地，一轮明月升上了天空。古铜色的月亮透过云层，泻下清辉，照着惨淡而弥漫着血腥的战场。马占山心潮澎湃，无言地呆立在战壕边，偶尔一阵清风袭来，让他略感寒意，刚刚逝去的硝烟似乎重新弥漫在他的眼前，将士们的厮杀声又重重地撞击着他的耳鼓。他觉得对面的敌人正磨刀霍霍，一场更大的较量似乎就在分秒之间。可自己还有将士们已竭尽了全力，兵员得不到补充，弹药得不到供给，伤员得不到救治，甚至连一顿饱饭都吃不上，再搏斗，必将全军覆没。马占山双眼噙着泪，举头望天，一声长叹……

翌日，举世瞩目的江桥抗战以失败告终。

五千多个恶魔的铁蹄踏进鹤城。

齐齐哈尔沦陷。

不久，马占山率余部退守海伦（即现在的海伦市）。海伦，一度成为全省抗战的中心……

马占山，字秀芳，祖籍河北丰润，1885年11月30日生于辽宁怀德（今属吉林）一个农民家庭。他早年落草，后投奔清军奉天（今沈阳）统领吴俊生。

一

呼海铁路线上，一列绿皮火车冒着白烟，风驰电掣地由南向北疾驶。八号车厢内，乘客有的看报纸，有的昏昏欲睡。离车门不远的一排座位上坐着一个二十多岁的女人，留着齐耳短发，穿着一件十分得体的素花旗袍，脸色尤为白净，两只眼睛如清泉般晶莹透彻，十足的大家闺秀模样。她手里拿着一本杂志，很认真地翻看着。她的对面坐着一个三十多岁的男人，上身穿一件白色短衣，外罩一件黑色坎肩，下穿一条灯笼裤，个子不高，肤色略黑，看起来身子骨非常结实。从他的穿衣打扮，略有常识的人都知道他是一位朝鲜族人，因为只有朝鲜族的男人才会穿"则高利"。两个人都从始发站哈尔滨上的车，但看起来不相识，因为他俩不是同一时间落的座，自始至终也没有搭话。

　　这是1935年北方四五月交替的时节。列车驶过的松嫩平原刚刚有些绿意。大地如睡醒的少妇略显慵懒，呼兰河如同一个有劲儿没处使的壮小伙子，挽起袖子用手搅动着翻滚的波浪向前奔涌，偶尔把挟裹着的一块浮冰狠狠地抛向河岸，玉碎珠飞，发出一声低沉的呐喊。几只小燕追逐着飞驰的列车，时高时低……

　　呜——一声汽笛突然响起，咣当一声，车厢门开了，一位五十多岁的男乘务员拎个烧开水的铁壶慢吞吞地走进来，向前走了几步站定，有气无力地说道："各位旅客，注意了，前面就是海伦站，终点站，请带好随身携带的物品，别落下。"然后他将声音突然提高八度："准备下车啊！"话音刚落，人们被他的滑稽语调逗得正要张嘴大笑，还没等笑出来，列车突然一个急刹车，巨大的惯性把车内的人颠簸起来，有的人头撞到车窗的玻璃上，疼得大骂起来。有的人不解地问道："还没到站呢，咋站外停车了？"一时间，车厢内乱哄哄的。

正在看杂志的女人和那个朝鲜族人不约而同地站起来，同时警觉地向车窗外看去，看见外面远处的土道上停着几辆伏尔加小轿车，车门洞开，十几个大汉正向火车飞速奔来。朝鲜族人和那个女人迅速撤回身，互相对望一下，双方都明白了下一刻将要发生什么。朝鲜族人迅疾弯腰，解开灯笼裤脚，从里面拿出一个巴掌大的只有几页的薄薄的小本子，一把塞到旗袍女人手中的杂志里，紧紧地盯了她一眼，然后猛地撞开乘务员，向车厢门跑去。乘务员一趔趄，手中的铁壶掉在地上，发出咣当一声响动。与此同时，对面车厢门也猛地被打开，几个戴着黑色礼帽、短衣打扮的大汉拥了进来，一眼看到逃跑的朝鲜族人，一边挥舞着手枪，一边大叫："都闪开，抓共党！""站住，再跑就开枪了！"朝鲜族人丝毫没有犹豫，眨眼间穿过车厢连接处，打开车门，纵身跳了下去。追捕的这伙人有的继续向前跑，有的手忙脚乱地打开车窗，探出身子边开枪边大呼小叫……

穿旗袍的女子则紧紧地抱着怀里的杂志，蜷缩在座椅上，浑身颤抖，眼睛却不时偷偷地观察着眼前发生的这一切……

　　这一切都是由一个人引起的。他叫吴静群。

　　日本侵略中国，蓄谋已久，煞费苦心。他们不但培养间谍化装成土匪，而且征召大批妓女进行专门培训，然后派往中国，以色情为饵，钓所需人员上钩。九一八事变后，哈尔滨来了一批妓女特务，这当中有一个叫晴岛栀子的，长得明眸皓齿、杨柳细腰、丰乳肥臀，说话莺声燕语，眉目闪动，楚楚可人。她来到了当时最为繁华的南岗，各色人等对这个名叫"花仙"的头牌趋之若鹜。其中就有满洲省委特派员吴静群。

　　吴静群，哈尔滨人，父亲是大资本家。吴静群上学时，喜爱西方文学和现代诗歌，对罗密欧与朱丽叶尤其是爱斯梅哈尔达的爱情故事津津乐道。"啊，万能的上帝，爱斯梅哈尔达和撞钟人的美女与野兽式的爱情太让人陶醉了！"他经常旁若无人地仰天长叹。他也时常神情忧郁并且凄美地朗诵着："我是天空里的一片云，偶尔投影在你的波心！"那时，他一颗浮躁的心却也迸发着火热的爱国之情。他想像岳飞那样抬望眼，仰天长啸；他也想像赵育才那样挥刀御寇，驰骋疆场；他更想像安重根那样潇洒举枪，毙日酋于一瞬间。于是，他加入了共产党。由于他家业雄厚，时不时地资助满洲省委办公经费，所以，当时的省委书记李实对他很赏识，吴静群很快当上了省委特派员。

　　吴静群毕竟是个公子哥，从小优越的环境养成了他追求享乐的性格。时间久了，激情一过，他对革命有了厌倦的情绪。于是，他来到了翠香楼买醉，花仙自然入了他的法眼。吴静群年轻，高大英俊，出手阔绰，花仙便不拿情作势了，二人很快打得火热。

有一次，吴静群在省委开完会，直接到花仙这儿。那时满洲省委秘密办公地点就在南岗。一番云雨过后，吴静群睡着了。花仙拉开他的公文包，一本省委记事的小本子就掉了出来。这样，吴静群很快被日本宪兵逮住。对于他，无须用刑，家伙一亮，这小子就尿裤子了，一五一十全招了。幸亏宪兵队里有省委的一个内线，等日本宪兵赶去，省委刚刚转移，但前来汇报工作的赵育才刚进大门就被捕了。后来赵育才拒不承认，一口咬定自己是要饭的，最后被日本人释放了。可吴静群交代了一个情况，说满洲省委今天派人坐火车去了海伦，大概是送一份密电码，以便联系抗联的部队。但他只知道送密电码的人坐火车的时间与车次，至于是什么人，哪节车厢，他也没过多关心，所以其他情况便不得而知了。这条情报得到日本关东军驻哈尔滨的特务机关长青木武夫的重视，于是，青木武夫马上电令日本平贺旅团驻海伦部队队长鸠山幸二实施抓捕。由于不知省委来人是男是女，什么模样，又怕列车到达海伦车站人流多，情况混乱，狡猾的鸠山幸二便决定在列车到达海伦城外时逼停列车，用他的话叫"瓮中捉鳖"。

千钧一发之际，跳车的朝鲜族人，也就是这次执行省委去海伦为抗联部队——三军六师送密电码的省委交通员韩相国发觉了敌人的意图，他果断决定牺牲自己，引开敌人，掩护同行的省委工运负责人李远红，就是穿旗袍的那个女人来独立完成这次任务。结果，韩相国没跑出几十米，就被特务击中右腿，倒地被俘。

韩相国被捕后，鸠山幸二如获至宝。先是用美女加金钱引诱，韩相国闭目不视，一言不发，气急败坏的鸠山幸二吩咐大刑伺候。"绝不能让密电码落到抗联的手中，那样对大日本皇军大大的不利。"他挥舞着双手，发出疯狗一样的嚎叫。但韩相国宁死不屈，连哼都没哼一声，最后被敌人活活打死。

惊魂甫定，列车继续前行，不一会儿就到了海伦。穿旗袍的女子就是李远红，她随着熙熙攘攘的人流有惊无险地走出了海伦车站……

海伦，当时伪满洲国在北满划定的两个甲种县之一，另一个是绥化，可想而知当年它的繁华。

李远红出了闸口，伸手叫了一辆人力三轮车。刚坐稳，一个身穿铁路警服的男子从后面快步跑来，一边冲着她招手一边大叫："哎——坐车那女的，你下来，检查啊！"李远红头也不回，低声催促车夫："快走！"车夫答应一声"哎"，拉着她飞快地向前跑去。这个警察撵了两步，无奈地停住脚步，冲着远去的三轮车嘟嘟囔囔地骂了一句。这时正好有个小乞丐从他身边经过，警察一斜眼，见小乞丐破碗里有一个一角钱硬币，便一把抓在手中。小乞丐当时就哭上了。警察抬腿就给了小乞丐一脚："滚!不然老子送你去吃牢饭!"说完，他摩挲一下硬币上的两条龙，揣在裤兜里，吹着口哨，晃晃荡荡地向前走去。

这个警察走到一个卖瓜子的老太太面前，伸手抓起一把瓜子，刚要往嘴里扔，猛见旁边走来一个女的，二十多岁，圆脸，大眼睛，瘦高个儿，穿个对襟小褂，青布裤子，梳个大辫子，右手挎个柳条编的小筐。警察随手把瓜子一扬，几步就到了女子面前。

"站住，嘎哈（干什么）的？"

女子一愣，但很快镇静下来，把篮子往警察眼前一亮："啊，警察大哥，我卖点儿小百货。"

警察斜着色眯眯的眼睛，阴阳怪气地说道："卖小百货？我看你像个抗联的探子。"然后，他一把拽住女子的胳膊，不由分说，"走，麻溜的，跟我到警察所做个笔录!"他边说边拖着这个女子向一条巷子走去。旁边的人一见，都吐了吐舌头，像躲瘟神似的急急地走开了。

警察拖着女子在巷子里没走几步，回头瞅了一眼，见空无一人，便猛地把女子拽到一个木柈子垛后，动起手来："小娘们儿，你乖乖地听话，不然我按通匪罪办了你!"

女子不甘就范，与他撕扯起来。但她哪是虎狼的对手，没几下就让这个警察双手抱住了，臭烘烘的嘴对着她一个劲儿地乱啃。

女子又气又羞，渐渐失去了挣扎的力气。警察得意忘形："小娘们儿，咱俩就在这儿开荤！"他边说边把女子摁倒在地，一把撕开了女子的小褂。

"狗杂种！"突然，一只大手从后面拽住了警察的肩膀。警察扭过头，刚要骂，忽地迎面飞来一拳，他向前打了一个趔趄。

女子趁势站起身，慌乱地整理衣服，见眼前站着一个大汉，一米八的大个，黑红脸膛，粗布衣服，脖子围着一条旧毛巾。他旁边放着一个长条板凳，凳子上镶着一块磨刀石。

女子一激动，张嘴叫道："曲——"话没出口，忙又咽了回去。警察挣扎着站起身："你谁呀？敢坏老子的好事！"大汉抬腿一脚，一下子把他踢了个四仰八叉。这下警察老实了，翻身坐起，一个劲儿地低头抱拳作揖："好汉，放我一马。以后在海伦站，有事找我梁大眼儿，保管顺风顺水。"

"呸！"大汉吐了口唾沫，弯腰夹起板凳，拉起女子快步跑出小巷。

等自称梁大眼儿的警察抬起头，小巷已空无一人，便悻悻离去。

海伦正阳大街口，大汉拉着女子在一个僻静处站定。

"曲大哥，真巧！"

"高洁，你嘎哈去？"

"省委来人了，老夏让我通知朱凯明天去接头。你呢？"

"出事了，刚才火车没进站，特务就动手了，咱们的一位同志被抓了。"

"那我去通知朱凯，你赶紧向老夏汇报情况！"

曲大哥，大名叫曲万山，海伦游击队交通员，以磨刀为掩护，负责游击队与海伦县委的联络工作。

高洁，海伦县委交通员，以卖小百货为掩护传递情报，并负责县委与地方党组织的联络工作。

二人说完，匆匆离去……

二

海伦当时有个非常有名的三三医院，因为是1933年建立的，便以建立的时间命名。

李远红到达海伦的第二天一大早，她就来到了三三医院。她右手缠着纱布，左手拿着一本《满洲评论》，径直走进医院的药房，排队买药。

随后走进来一个男子，一米七多，平头，穿一身铁路制服，两只眼睛炯炯有神。他拿着一份《满洲日报》，站在门口四处打量一下，便径自向李远红走来。

"啊，不好意思，这位小姐，打扰一下，请问您拿的《满洲评论》是创刊号吗？"

李远红若无其事地答道："啊，这是给我表哥捎的，不过不是创刊号，是新出版的，五月份的。"

"那你表哥爱看橘朴的文章？"

"不，他只看小山贞知的。"

男子点了点头，忽然好像刚发现李远红缠着纱布的手，吃惊地问："怎么，小姐的手受伤了？是不小心烫的吗？"

李远红微微一笑，摇摇头："不是，是我家那只讨厌的京巴咬的。"

男子听完，礼貌地点点头："啊，打扰了。"说完，男子向远处走去。不一会儿，李远红也走出了药房。

医院门外，拿着《满洲日报》的男子见李远红走出来，也不搭话，径自向前走去。李远红在后面不远不近地跟随着。穿过几道街，他们先后来到一个小店，门脸上写着"宋家麻花铺"。男子径自推门走了进去。李远红漫不经心地四下瞅了瞅，也推开门，走了进去。

见李远红进来，男子故作惊喜："哎呀，真巧啊，表妹也爱吃这儿的麻花？"

李远红一抬头，也挺惊讶："呀，表哥，我爱吃这儿的豆腐脑。"

"那好，今儿我请客。来，掌柜的，找个单间，来几根油酥麻花，两碗豆腐脑。噢，对了，老规矩，别放香菜末啊！"

掌柜的四十来岁，扎个白围裙，干干净净，边收拾桌子边答应："放心吧，进里屋吧。"李远红和男子先后走进了单间。

二人进屋后，男子掩饰不住内心的激动，压低声音，兴奋地说："可把你盼来了，欢迎欢迎。"

李远红一指凳子："坐下吧。"然后自我介绍道，"我叫李远红，在省委负责工运工作。"

男子接着话音说道："我叫朱凯，海伦党支部副书记。"然后继续说道，"远红同志，这个麻花铺是我们支部建立的秘密活动点。你安心在这里待着，我去找夏书记汇报。"说完，男子转身走了出去。

这里交代一下，朱凯就是在江桥抗战中创造了用步枪击落日军敌机神话的那个马占山卫士。马占山已经到了海伦。他经过长途跋涉，撵到海伦，马占山却又倒向了日本，担任伪满洲国军政部部长。朱凯在满洲省委秘书长冯仲云的安排下，进入海伦车站，开展地下工作，发展革命武装。

夏明志听完朱凯的汇报，显得异常激动："好长时间没有听到上级指示了。这样，你去通知老胡他们，晚上咱们在老地方开会，听听省委的工作部署。"

"好，夏书记，我这就去。"朱凯转身走了。

晚上，宋家麻花铺和往常一样按时打烊了。里屋，一盏煤油灯下，省委来的李远红，海伦县党支部书记夏明志、副书记朱凯、组织部部长顾旭东、海伦车站党支部书记胡起、海伦车站路警队队长王文举、海伦游击队交通员曲万山，他们激动得把手紧紧地握在一起，久久地不愿放开。

"好了，同志们，时间紧，任务重，我们还是赶快开会吧。"李远红说完，大家才恋恋不舍地各自坐回板凳上，脸上依旧显示着兴奋与激动。

李远红环视了一下大家，说："省委对海伦支部的工作非常满意，希望同志们克服困难，继续努力，更好地完成省委布置的工作任务。"接着她小心翼翼地拿出了那个小薄本子，神情严肃地说道，"这是省委交通员韩相国同志用年轻的生命换来的。"她简单地叙述了火车上发生的事情后，接着说道，"抗联三军六师张光迪师长率部队向海伦来了，目的是开辟新的抗日根据地。为了省委与部队能及时畅通地联系，省委特制定了一套发报密码，指示我们要把密电码安全地交到张师长手中。"

大家一听大部队来了，一个个兴奋得摩拳擦掌。但是，难题随之而来：一是不知道抗联六师的现在行踪，海伦支部又从来没有和六师联系过，怎么接头？二是此去山高路远，日伪层层封锁，如何能确保密电码的安全？三是假如送密电码的同志出现意外，怎么办？

经过半个小时的反复斟酌，会议决定把密电码交付抗联的这次行动命名为"红灯一号"，由朱凯负责与抗联六师接头。为确保万无一失，密电码由胡起同志保管，待朱凯与部队接头后再亲手交与张光迪师长。

最后，李远红宣布散会，她要连夜离开海伦，奔赴珠河抗日根据地。胡起小心翼翼地揣起密电码，大家陆续撤离。门外站岗的人也跟着撤了。但谁也没注意到，远处黑影里，猫着一个人，正瞪着血红的眼睛紧紧地盯着他们。这个人就是白天对高洁图谋不轨而被曲万山一顿胖揍的那个家伙——海伦车站路警巡长梁大眼儿。

梁大眼儿偷鸡不成蚀把米，心里憋气又窝火，就找了个小酒馆，就着一碟花生米灌了酒，里倒歪斜地往家走，正好碰上前去开会的胡起。他忙点头哈腰地打招呼。胡起敷衍几句就匆忙走开了。梁大眼儿望着胡起远去的背影，心里疑惑："老胡轻易不出车站，这是干啥去？"一股冷风吹来，梁大眼儿打了个寒战。一哆嗦，脑子清醒了不少，于是他便远远地悄悄地跟踪胡起来到了宋家麻花铺。他见门外有人站着，没敢轻举妄动，就在一旁一直盯梢。等散会的人一出来，他借着光亮，冷不丁发现了队长王文举，他浑身像触电一样，不免把大眼儿瞪得更大了。这一瞪不要紧，梁大眼儿发觉其中一个人咋这么像白天打他的那个人呢，他阴险地冷笑一声，转身消失在夜色之中……

梁大眼儿回到家后，按捺不住兴奋，躺在被窝里都憋不住笑，他觉得花花绿绿的票子就在他眼前飞舞，扭腰撅腚的美女直往他怀里钻。他想，整倒王文举，最次他也能弄个队长当当。好不容易熬到天亮，没等到上班时间，梁大眼儿便屁颠屁颠地跑进了海伦警察队。

海伦警察队队长叫董仁彪，好推牌九，下馆子，和梁大眼儿臭味相投，他们偶尔在一起耍钱喝酒。他见梁大眼儿来了，一边剔牙一边打着哈哈："嚯，大眼贼儿，这么早干啥来了？咦，脸咋的啦？让谁揍的呀？"

"老兄，别扯了，我是来报喜的呀！"梁大眼儿不由自主地揉了一下眼睛，撇着嘴，一屁股坐到凳子上，跷起二郎腿，晃荡着脚，卖起了关子。

"有屁快放！皇军正让我抓共产党呢，我可没工夫和你闲聊！"

梁大眼儿站起身，走到董仁彪面前，嘿嘿地笑了一下，然后把脑袋往前凑了凑，压低声音说："哥们儿，你我发财升官的机会来了！"然后就把胡起昨晚上到宋家麻花铺的事说了。董仁彪听完，一拍梁大眼儿的肩膀："大眼贼儿，你总算干了件人事。你这就回去，告诉王文举，中午到孔府酒家，就说我请客。"梁大眼儿答应一声"嗯哪"，便抬腿就往外走。

"回来！"董仁彪叫住梁大眼儿，突然目露凶光，"兄弟，你可得上心，把王文举给我看住喽。中午不见他的影，别怪我不讲兄弟交情，你只好亲自跟鸠山队长解释去了。明白吗？"

梁大眼儿一愣，随即拍着胸脯保证："放心，我这就回去盯着他，你就瞧好吧！"

中午，王文举和梁大眼儿一前一后走进酒楼，结果可想而知。

鸠山幸二在宪兵队的刑讯室里挂着军刀正等着呢。刑讯室里，一个大铁盆里烧着烙铁，泥墙上到处是飞溅的血迹，屋内阴森恐怖，充满着血腥气味。

王文举一进屋，腿肚子就哆嗦了。鸠山幸二从铁盆里抽出烧红的烙铁，在王文举面前摇晃着，慢条斯理地说道："王桑，说实话的有，不说，死啦死啦的有！"

王文举惊恐万状，脑袋冒汗了，一个劲儿地点头。

董仁彪上前拍了下王文举，王文举一哆嗦，带着哭腔哀求道："仁彪，啊不，董队长，看在咱们往日的交情上，你帮兄弟说说话呀，我可真没干啥呀！"

董仁彪凶光毕露，啪地给了王文举一嘴巴子，骂道："放屁！别给脸不要脸，没有十足把握，我董仁彪能随便抓你？鸠山太君是你想见就能见的吗？说吧，昨晚都和谁上宋家麻花铺吃麻花去了？嗯？"

董仁彪话音刚落，王文举扑通一下跪在了地上："我说，我说，我全交代……"

听完王文举的供述，鸠山幸二摇晃脑袋，火急火燎地走回办公室，抓起电话马上布置抓捕行动……

中午时分，顾旭东回到家，他的妻子张玉秀递给他一包烟，里面有一张小纸条，是海伦游击队传来的情报。顾旭东刚要拆开来看，房门便被踹开了，十几个日本军闯了进来，后面跟进来一个日本军曹。顾旭东急忙把烟扔到了炕上。张玉秀灵机一动，拿起烟，满脸堆笑，挨个儿给他们点烟。日本军曹抽了一口，喷出一杆烟雾，一挥手："搜！"几个日本兵在屋里一阵乱翻，结果什么也没找到。日本军曹恼羞成怒，一把抓过顾旭东："你的，良心大大的坏了！"然后一挥手，几个日本兵上前把顾旭东抓走了。张玉秀在后面紧跟着大喊："你们凭什么抓人！还有没有王法了？"一个日本兵上去一脚把她踹倒了。押着顾旭东的大卡车一溜烟儿地跑了。

张玉秀爬起身，急忙向宋家麻花铺跑去，刚到门口，麻花铺掌柜的就被日本兵五花大绑地绑了出来。张玉秀一回身，猛然见到路旁背过身子提着小货篮的高洁，便快步走过去："洁子，老顾也被抓走了，你快回去告诉老夏，我去告诉胡起。"二人匆忙离去。

高洁一路飞奔，回到杂货铺，把情况一说，夏明志眉头一皱："快，烧文件！"两人忙活起来，然后奔后门跑了。前脚刚走，后脚日本人就闯了进来，用刺刀一阵乱挑，什么也没找到，气急败坏地把正冒着烟的铁盆一脚踢飞了。

等张玉秀跑到海伦车站，胡起被抓住了，正被日本鬼子往车上带呢。看张玉秀过来，胡起回头大喊："老嫂子，快去把我的信号灯保管好，回来我还得使哪！那是我吃饭的家把式儿啊！"身后的特务用手枪指着胡起："还惦记个破灯？能不能回来都难说呢。"张玉秀含泪点点头……

由于王文举的叛变，海伦党组织遭到了毁灭性的破坏。被捕的同志个个宁死不屈，始终没有透露一丁点儿党的秘密。最后，顾旭东被敌人押到了伪满新京，1944年，经党组织营救出狱。胡起被羁押到齐齐哈尔，最后以反日罪名判刑十年。

夏明志与高洁一路南逃，进入新京（今长春），隐蔽在附近农村，在那里秘密发展党组织，继续坚持抗日斗争。

日本人抓曲万山的时候，正好把他堵在家里。曲万山毫不畏惧，抢枪就打，冲在前面的一个日本人和一个特务应声倒地。后面的鬼子特务急忙隐蔽，并向屋里射击。最后，曲万山把子弹打光了，日本人一见，嗷嗷地冲了进来。躲在门后的曲万山抢起菜刀，一通猛砍，日本人和特务抱头哀号。

最后，曲万山被日本人乱枪打死。他靠墙站立不倒，双目圆睁……

海伦的日本人开始抓人，哈尔滨、呼兰、绥化等北满各县的日本人、伪军和特务一起出动，大肆搜捕，一时间，乌云密布，血雨腥风，许多共产党员、爱国人士纷纷落入魔窟。仅海伦一个地方，就有共产党员、游击队员、抗日救国会员四十多人被捕入狱。史称"五月大搜捕"。

北满的天更加阴暗了。

此时，海伦党支部副书记朱凯还不知道海伦发生的变故，他正穿梭在茫茫的林海中，苦苦寻找着抗联三军六师张光迪的部队……

三

古老的神州大地，我们美丽的家园，在历史上曾经无数次饱经忧患，无数次受到外强欺辱，但中华民族的优秀儿女从未屈服。他们挺起脊梁，奋起反抗，谱写了一曲又一曲可歌可泣的光辉篇章。在日本侵略者铁蹄的践踏下，东北抗日义勇军站出来了。他们洒尽鲜血倒下后，又一支强大的力量在中国共产党的领导下，从白山黑水中铿锵挺立！他们就是在艰苦卓绝的条件下，坚持十四年英勇抗战的东北抗日联军。对于抗联，东北唯一成建制大规模的抗日武装，日本关东军全力应对"清剿"。

满洲省委急于联系、朱凯苦苦寻找的张光迪的抗联部队，这阵子在庆城（今庆安县），正被敌人疯狂"围剿"。

那时，张光迪率部向海伦进发，原因是海伦的地理环境和群众基础更有利于抗联开展对日斗争。日军也深知这一点，于是出动飞机、大炮，纠集精锐部队和伪军、警察，对张光迪部疯狂进行围追堵截。部队边打边走，最后被大批日伪军警包围在了庆城西边大青山里的苇子塘。战斗打得异常惨烈。

当时日军火力配置强大，一个班就有掷弹筒，一个小队（排）就有九二步兵炮，所以，他们围住张光迪部后，并不急于冲锋，先是飞机俯冲轰炸带扫射，然后再用炮一阵狂轰，打得树木折断，土石横飞，荒草冒烟。

说实话，抗联战士打仗顽强，不怕牺牲，但无奈武器装备太落后了，人员也少。当时，抗联号称十一个军，其实总兵力只有三万余人，而南满（今吉林北部）杨靖宇率领的第一军就基本上占去一半，这样算来，其他军的兵力可想而知了。张光迪所在的第三军，起初只有一千五百人，鼎盛时期下辖十个师，也就六千人。所以，那时抗联打仗很少与日军正面接触、硬碰硬，就靠以"智"取胜，能打赢就打，打不赢就走。抗联在东北抗日，给予日军沉痛打击，拖住几十万关东军，有力地支援了全国抗战，靠的什么？一靠信仰，二靠群众，三靠智谋，四靠地形。

这个时候，被日军包围的张光迪的六师只有三百六十多人。而包围他的日伪军、警察队和山林讨伐队有一千八百人，光日军就有七百多人。但我们的抗联战士无所畏惧，凭着他们的无限忠诚、过人的胆识与豪气，借助有利地形，以三尺血肉之躯和敌人拼死搏杀。

苇子塘枪声炮声此起彼伏，震耳欲聋，滚滚硝烟如同一条条蛇呼呼乱窜！战斗从上午一直打到天黑，许多抗联战士倒在了地上。无数日军、伪军和警察的尸体横七竖八地倒在了抗联战士的面前。

暮色渐浓，日军的第五次冲锋刚刚结束，战场上，土地滚烫，树倒岩倾，苇子和荒草一片焦煳，风怒号，烟弥漫，一派肃杀。突然，一颗炮弹飞来，带着刺耳的尖叫，警卫员一下子扑到张光迪的身上，炮弹掀起一片泥土，哗啦一下将两个人埋住。张光迪用力拱起，抱起警卫员大叫："小柱子，小柱子！"张光迪摇晃着警卫员，呼喊着他的名字，但年仅十六岁的小柱子永远地闭上了双眼。张光迪用手狠狠地抹了一把脸，吐了一口唾沫，大声呼喊："常志坚，常团长！"一个满脸血污的人跑来："师长，我来了。"

"日军刚打完炮，八成快冲锋了，赶快检查武器弹药，缩小阵地，咱们和这帮鬼子一命换一命！"作为一师之长，

历经无数次生死，张光迪知道部队减员严重，更知道他们很可能就要倒在这长长的苇子塘了，但他毫不畏惧，他要带领战士们与日军做最后一搏。

"师长，我的意思是突围，硬拼咱们一个都剩不下，我可不是怕死啊，能出去一个是一个！"常志坚大声说道。

张光迪想了一下，点点头："好，趁鬼子没冲锋，咱们各带一路人马杀出去，海伦八道岗子见！"两个人没有太多的话，战斗残酷，时间紧迫，生死攸关，没那工夫啊！两个人一点人数，也就剩两百来人了，于是各自带着百十来号人，分路突围。

一阵枪声，一阵呐喊，常志坚带人向北杀去。向南冲杀的张光迪却被敌人死死地咬住了。

"抓活的！"

"你们跑不了了，快投降吧！"

"冲啊，就是死了也不当熊包！"

杀一个算一个，整死俩就够本！

战士们也毫不示弱。但敌人越围越多，包围圈越缩越小。就在这节骨眼儿上，日军的外围突然响起一阵密集的枪声，还有突突的捷克轻机枪声。一大队人马凭空杀来，日军一下子乱套了。

来者何人？原来是大青山一个绺子——报号"天下好"，就是我们常说的胡子！

那时，东北胡子盛行。他们占山为王，打着劫富济贫的旗号，多半鱼肉百姓，但也有正义爱国的，和日本人对着干的。当时黑龙江有几十号绺子公开打日军，天下好就是其中之一，领头的叫郝龙威。

胡子还有机关枪？确实不假！这机关枪是当时世界上最先进的捷克轻机枪，中国不仅模仿生产了四万挺，还从捷克大量进口。这种机关枪射击精准，射程达900米之远，而且能连续射击两个小时，也不会卡壳和炸膛，比当时日军普遍配备的大正十一式轻机枪，就是常说的歪把子机枪强百倍。

苇子塘响起枪声，郝龙威知道是抗联和日军干上了，不然不会闹出这么大的动静。于是郝龙威二话不说，点齐人马杀了过来。打日军即爱国，还能弄点儿外快，补充一下给养和弹药，一举两得，何乐而不为？

郝龙威杀到苇子塘，正赶上张光迪突围，郝龙威不管三七二十一，对着日本人的屁股就打。两面夹击，很快撕开了一个口子，张光迪带人杀出重围，百十来人减员一大半。

常志坚率队杀出重围后，一点人数，剩下三十六人。他革命乐观主义的劲儿又来了："正好，我们就是《水浒传》里的三十六个天罡。三十六条好汉闹得大宋朝不消停，我们三十六名抗联战士也要让日军睡不好囫囵觉。走，奔绥棱！"

从这儿去海伦，走绥棱是近道。三十六名战士昂首挺

胸，踏上新的征程。

茸子塘的枪声停了。经过血与火的洗礼，茸子塘硝烟弥漫，鲜血浸染。每一棵茸子都如同一支如椽巨笔，记录下了抗联战士的英雄壮举，记录下了侵略者的残暴和血腥。一阵山风吹过，苍茫的暮色中，劫后余生的茸子一阵摇晃、一阵呜咽。它们在呐喊，它们在哭泣，它们任风横吹，任雨拍打，任霜侵袭，然而，它们就是坚挺不倒。因为，它们大义凛然；因为，它们从未屈服……

四

常志坚率领冲出重围的三十六名战士在丛林里跋涉，一路向北，走到了绥棱的张家湾。

张家湾有条河，叫张家湾河，是诺敏河的支流，虽然是条小河，但正值夏末，河水暴涨，漫过堤坝，一片汪洋。战士们的粮食早就没了，只好靠野菜、树叶充饥。几个腿脚受伤的战士在泥泞的山地里行走，伤口被泡白了，发炎了。他们的形势异常严峻。常志坚想，现在最关键的就是尽快找到粮食，尽快找到药。河水这么大，要想过河去海伦，有点儿困难。更何况河那边有日伪军的严密封锁。于是，常志坚决定部队就在张家湾休整，等河水平息了，战士们养好了伤，补足体力，再过河。可到哪里去找粮食和药呢？常志坚带着队伍在张家湾河边的山林里打起了转转。

这天，他们翻过一个山坡，猛见前面有一个窝棚。是采山的，还是倒套子的，还是锯房子的？战士们纷纷猜测。采山就是采蘑菇、种木耳；倒套子就是把树锯下运到山外，一般用马爬犁；锯房子就是用大锯加工原木。这些人都会就地取材，弄几根木头和柴草支个窝棚，在里面吃住。一连长郭玉清性子急，站起身就要去瞧瞧，常志坚一把将他拽住：

"不行，里边要是有山林队呢？要是有胡子，也危险哪。"那时，日军为了"围剿"抗联，专门组织山林队，进山搜索、讨伐。如果真有胡子，郭玉清冷不丁进去，保不准会挨枪子。所以，常志坚的谨慎是对的。于是，队伍继续隐蔽观察。

过了半天，一个战士低声说道："团长，有人出来了。"果然，窝棚里走出来一位妇女，身后跟个十七八岁的小伙子。他俩走进窝棚后面的一片苞米地里，没多大工夫，一人手里拎着几穗青苞米棒子回来了。常志坚舒了一口气，确认安全了，便说："你们先在这儿待着，我和郭连长过去，免得人多吓着他们。"

二人走过去，站在窝棚前冲里面喊："大嫂，我们是顺道路过的，能给口水喝吗？"话音刚落，窝棚的草帘子一撩，里面伸出一杆洋炮："干啥的？站那儿别动！"

常志坚急忙说："老乡，别急，我们是过路的。"里面的人可能是看清了外面的情况，便走了出来。小伙子在前，依旧支着洋炮，后面跟着一个四十多岁的妇女。

"大嫂，过路的，渴了。"常志坚说。

"过路的，糊弄谁呢？过路的咋还挎着家伙？"小伙子不信。

常志坚低头一看，可不，自己身上插着盒子炮，便一拍脑袋，不好意思地笑了："老乡，实话告诉你吧，我们是抗联，打日军的。"

"咋证明？"小伙子眼珠子一瞪，晃了晃洋炮。没等常志坚答话，那妇人一把拽住小伙子："栓子，要是坏人，早上手了。"然后有点儿惊喜地问，"你们真是抗联？我听说过你们，专打日本人。来，进屋吧。"

"大嫂，不瞒您说，"常志坚回身一指后面的树林，"我们有三十多人呢，都在那儿猫着呢。"

"那都进屋吧。"妇女非常爽快。常志坚一招手："同志们，都出来吧。"躲在树林的战士们走了出来。那妇女一见，愣住了，眼圈立马有点儿红："哎呀妈呀，看看你们都成啥样了！"常志坚再回头一看，心里也猛地一酸。可不是，走过来的这群人，衣服、裤子都破了，满脸血污和污泥，有的光着脚，有的俩人互相搀扶，一瘸一拐的。

"大嫂，我们是从大青山苇子塘过来的，在那儿被小鬼子围了，三百多人，现在就跑出我们这些。"

"作孽的日本人，咋不让雷劈喽！"妇女骂了一句，然后对小伙子说，"栓子，快去再掰点儿苞米，这些叔叔大爷说不上几天没打牙（没吃饭）了。"

"哎呀，真是太感谢大嫂了。您放心，我们不白吃您的，给您钱。"

"说啥呢？先填饱肚子要紧。"

常志坚吩咐两个战士和栓子去掰苞米。

木头火硬，苞米下锅后，没多长时间，水就翻开，热气直蹿，久违的粮食香味飘满了小窝棚，刺激着战士们的肠胃。金黄的玉米煮好后，战士们狼吞虎咽，有的把苞米瓢子都啃了。五六天了，才吃上一顿饱饭，才吃上一顿热乎饭哪。

饭后，大伙儿和这位妇女唠上了家常。原来，这位妇女丈夫姓张，是个锯匠，他们有两个儿子。日本人没来前，张大哥就在锯房里破木头，大儿子在锯房里干力工，虽然苦点儿累点儿，但一家人过得有滋有味。突然有一天，屯子里来了几辆卡车，各自拉着一车人，说话叽里呱啦，谁也听不出个子丑寅卯来。还有十几个穿着黄军装的外国兵，几个伪满警察。屯子里的人第一次看到汽车，又来了洋人，都觉得新鲜，都跑出来看热闹。一个警察高喊："正好你们都来了，这是大日本帝国的开拓团，帮你们改善生活来了。"当听说

是要分他们地的时候，人群炸开了。

"地是我们老祖宗留下的，凭啥给他们！"

"不中！"

"小日本滚出去！"

几个日本兵刺刀一端，揪出几个带头的，不容分说，就给捅死了。其中就有张大哥。张大哥的儿子一看，红眼了，扑上去就跟日本兵交手了，也被日本兵捅死了。老百姓一看，都吓跑了。就这样，屯子被日本人霸占了。张大嫂带着小儿子连夜跑上了山，开了块地，维持生活。

战士们一听，个个气得直咬牙："团长，咱们得给张大嫂报仇！""对，给乡亲们报仇！"常志坚一挥手："这个仇一定要报！"栓子一听，拎过洋炮："我也去！"常志坚看着栓子，笑着说："别急，咱们得好好琢磨琢磨。开拓团不少人临来时都受过军事训练，都有枪。"

这天夜里，常志坚带人在窝棚外点燃了篝火。火光映红着他们坚毅的脸庞。常志坚双眼盯着火苗，一言不发，他在想着第二晚的行动。

第二天傍黑，常志坚带着没受伤的二十几名战士，由栓子领道，下山了。半夜，他们摸进了开拓团住的屯子，也就是张大嫂原来的屯子。经过侦察，他们发现日本开拓团没有站岗的，跟种地的农民一样，晚上都睡得跟死猪似的。日本开拓团一看中国老百姓老实，任人宰割，原本紧张的心慢慢放松了。他们做梦也想不到抗联会来。于是，常志坚大摇大摆地走进了一家日本人的大院，敲开了门。"什么的干活？"一个日本人揉着惺忪的睡眼，没好气地问。

"要你命的！"常志坚一枪把子就把他脑袋打开瓢了。日本女人吓得直哆嗦。"我们可不像你们，老婆孩子都不放过。"常志坚嘟囔一句，转身走了。

常志坚又敲开了一家，是个日本女人开的门。一排长赵大个儿抢先往屋里一迈步，随着一声叫骂，一个日本人在炕上翻身坐起，对着赵大个儿就是一枪，幸好打偏了，但子弹还是把他的肩膀钻了个窟窿。身后的常志坚抬手一枪，把小鬼子打翻在炕上。枪声响，惊动了日本人，他们纷纷爬起来，冲到院子里，哇哇大叫，举枪射击。屯子一下乱套了。

毕竟抗联战士身经百战，几个回合，就干掉了几个日本人。其他的一见，慌神了，也顾不得老婆孩子，纷纷向屯子外跑去。抗联战士追着打了一气，又干掉了几个日本人。常志坚命令收兵，捡了几支三八大盖，扛上几袋洋白面，撤回了驻地。

日本开拓团受到不明武装袭击，情况很快被绥棱日本驻军知道了。第二天中午，一辆汽车满载着日本兵进屯了。他们挨家挨户搜查，把屯子里的人集中在一起。一个少尉挥舞着指挥刀，叽里呱啦说了几句。翻译官说："昨晚有人偷袭大日本帝国的开拓团，皇军要你们交代是什么人干的！"老百姓瞪着愤怒的眼睛，没人吱声。他们也不知道是谁干的。

翻译官背着手，在人群前踱来踱去，突然他一伸手，指着一位老汉："你，出来！"老汉走了出来，站立不动，"看你挺老实的，又一把年纪了，不会撒谎。你说，谁干的？"老汉轻蔑地看了翻译官一眼，掏出短杆烟袋，叼在嘴上，打着火，吧嗒一口，使劲往地上吐了一口唾沫，依旧一言不发。"哎你个老家伙，敢吐我？"翻译官恼羞成怒，边说边踹了老汉一脚。

老汉又使劲儿地吐了一口："小兔崽子，我都赶上你爹岁数了，你帮虎吃食卖豆包，你还是中国人吗？"

"你……你这个老家伙！"翻译官刚要发作，日本少尉一伸手，翻译官一哈腰，退后了。

少尉皮笑肉不笑："你的，说，皇军大大的有赏！"老汉连理都没理他，吐了一口烟，直喷少尉的脸上。日本少尉气急败坏，一刀捅在了老汉的肚子上。老汉瞪着眼睛，大骂一句："日本人，去死吧——"话没骂完，便倒在了地上。

人群一阵骚动。日本少尉拔出刀，冲着日本兵一挥手："带走！"日本兵饿狼一般冲上来，把十多个年轻力壮的农民抓走了，押上汽车，一溜烟跑了。这些人被他们带到绥棱修炮楼去了。

五

常志坚夜袭日本开拓团，让战士们吃上了几顿馒头，让日本人气恼了半天，也让开拓团消停了不少，可也连累了老百姓，他心里挺不是滋味。张大嫂劝他："大兄弟，别和自己过不去了，你不揍他们，他们也照样祸害老百姓。要搁他们，女人和孩子都不放过呀！"常志坚没吭声，轻轻地叹了口气，他想着，还得打日本人啊，不能老在这儿躲着啊。可眼下受伤的几位同志急需药哇。不能等了，必须弄药去。

张家湾，也是一个集镇。虽说不大，但也不小。这天是赶集的日子，张家湾比平时热闹了许多。晌午，镇里来了四个人，一身农民打扮。为首的就是常志坚，肩膀上搭个褡裢，还有两名会点儿功夫的战士，拎个麻袋，另一个是栓子，让人一瞅就是赶集的。栓子是本地人，熟悉情况，所以常志坚把他带来了。

张家湾医院不大，就四间房。常志坚走到医院门口，让一个战士把风，他们三个人进去了。药房里一个卖药的正打瞌睡呢。"大夫，我抓点儿药。"常志坚轻轻敲了一下柜台。

"啊？抓啥药？有方子吗？"卖药的猛然惊醒，打着哈欠问道。

"我有个徒弟在锯房子里干活，不小心把手拉了，抓点儿刀口药，再整点儿消炎的。"常志坚掏出一支烟卷，递了过去。卖药的接过来，顺手夹到耳朵上，抬脸看了看常志坚："伙计，不是我不通人情，买这种药必须有警察所的证明啊。"

"能不能通融一下？到那地方开，你还不知道？得多花多少冤枉钱哪，还刨根问底，太麻烦。"

卖药的摇摇头："卖管制药，查出来，我吃不了兜着走啊！"常志坚四下看了看，便麻利地用左手从兜里摸出两块大洋，塞给卖药的，接着又用左手拍拍肚子："老哥，兄弟我钻山顶水的也不容易，你行个方便，我会记得你的！"卖药的顺着常志坚的左手一看，猛地一愣神，原来，常志坚的布衫的对襟里赫然顶出个枪管儿。这下卖药的傻眼了，一个劲儿地点头："别，兄弟，都为了养家糊口。我给你少整点儿，太多了我不好消化。"常志坚不说话，只点了点头，表示同意。

药抓到手了，常志坚往褡裢里一塞，说了句"谢了"，便转身往外走。原先在一旁察看的人四下瞧了瞧，快步走到卖药的跟前，也是用枪管一挑布衫，压低声音狠狠地说："老实说，刚才他们买的什么药？"卖药的当时汗就下来了："刀——刀伤——""药"字还没出口，那人转身就追了出去。卖药的伸长了脖子往外看了一会儿，心里跟揣个兔子似的，嘴里一边叨咕着"今天撞着鬼了"，一边脸色惨白地瘫坐在凳子上……

常志坚他们几个人大步流星地走出了张家湾，过大道，走小道，上了山，进了树林子里。后面远远跟着的那个人快步往前撵，走到一棵粗树下，树后猛然蹿出几个人，一下子把他扑倒，那人一个鲤鱼打挺，站起来，一脚蹬飞常志坚他们的一个人。"嘿，有两把刷子！"常志坚几个人上来围住他，就交手了。看起来跟上来的这人功夫真不错，但双拳难敌四手，被一个战士照着他脑袋就是一枪把子，当时就被打晕了。常志坚几个人把麻袋往他脑袋上一套，顺势踢了两脚。

"团长，还是你眼睛毒！"一个战士说。

"狗特务！扛回去，打听打听情况。"

"是！"战士答应一声，扛起麻袋，几个人快步消失在林子深处……

张大嫂的窝棚里，一个人被五花大绑地蹲在墙角里，常志坚掂了掂手里的盒子炮："小子，家伙不错呀，C96全自动驳壳枪。说吧，你是日本人还是满洲走狗？"

那人晃了晃脑袋，可能是那一枪把子削得太使劲了，现在还疼呢，晃了两下，仰脸说："你们下手挺狠哪。"

旁边的战士上去踹一脚："常团长问你话呢。"

"那你们先说，你们是嘎哈的？"

"告诉你能咋的？抗联的！"那战士不等常团长发话，上去又踹一脚，很自豪地回答。

"抗联的？"那人眼里掠过一丝亮光，但只一闪就消失了。

"我不信，抗联就像你呀？就知道动手！"

那战士又要抬脚，被常团长挥手示意拦住了。常志坚走近一步，蹲下身，仔细看了看他："你不信我们是抗联的不要紧，关键是你得让我们相信你是嘎哈的。"

"我是马眼子（马贩子）。"

"哈，看来你不是一般人啊！既然是道上的，就摞个底儿吧！"

正说着，张大嫂进来了，她端来一盆大渣粥，对常志坚说："大兄弟，都饿了，先吃饭吧。"

"好。"常志坚答应一声，边站起身，边瞅着这人说道，"我们吃饭，你在那里好好寻思寻思，不说实话，饿着你。"

那战士盛了一碗粥："团长，这得亏咱们去两个会功夫的，要不还打不过这小子呢。"

常志坚一笑："你以为敌人都是吃素的？长点儿心眼儿吧。"

"真香啊。"几个人边吃边夸大嫂做饭好吃。

"唉，咱们在这儿享清福了，不知道张师长这会儿怎么样呢。"常志坚放下碗，感慨一声。常志坚这么一说，屋里人都沉默了，没心思吃饭了。

"张师长，你们说的张师长是不是张光迪呀？"被绑的人一边挣扎着要站起来，一边着急地问。常志坚猛然回过身："怎么，你认识我们张师长？"

"我就是找他的。"

"你到底是嘎哈的？"

"我看你们像抗联的，不然那大嫂不能这样招待你们。我叫朱凯，海伦县党支部的。"

常志坚神情突然紧张起来："你是海伦的？那你听没听说抗联到你们那儿？"

"没有，要有我能出来找吗？我都跑出来小一个月了。"听这人这么一说，常志坚长长地舒了一口气，心里稍微平静了一下，他半信半疑地说："张师长大名鼎鼎，敌人闻风丧胆，谁不知道啊？光说出他名字也不中，你得拿出证明，证明你是海伦支部的。"

"有，在我鞋帮里。"自称朱凯的人一努嘴，冲着脚点头示意。一名战士上去扒下他的鞋，摸了半天，撕开鞋帮，拿出一张发黄的照片，递给了常志坚。

常志坚看了半天："这是谁？我不认识呀。"

"冯仲云，满洲省委秘书长。"

"冯仲云，当过抗联三路军政委。有这个人，可我没见过呀。"常志坚摇摇头，接着问道，"这照片你从哪儿弄来的？"

"满洲省委工会组织部部长李远红给的。"常志坚听后，心想：还组织部部长呢，远红同志早就是策马杀敌的抗日女英雄了。他想了一会儿，说："这样吧，先给你松绑，但你要老实，你的身份还在怀疑中。"

"行，膀子都木了。再说我都饿得前胸贴后背了。"松绑后，这人也不客气，盛碗粥吃上了。

此人真是朱凯。他奉命寻找张光迪，一路上躲避日伪军警的盘查，但一个月过去，连个抗联的影子也没看着。这天他走到张家湾，有点儿感冒，想到药房整点药，见常志坚进来买药，不经意地一瞅，觉得卖药的和买药的神情都不对，再仔细一看，常志坚露家伙了，便跟了上来。要不是体力消耗太多，加上感冒没好，八成常志坚他们还真不是他的对手。

经过一番对话，常志坚对朱凯的怀疑减轻了不少。但多年的斗争经验和残酷的现实，让他还不敢完全放松，便安排两个会功夫的战士不远不近、明松暗紧地看着他。朱凯也知道，但他也不能说别的，只好等待机会。

这一等就是半个多月，常志坚乐了，河水退了，经过这一段时间的休整，战士们的精气神恢复了，一个个跟小牛犊子似的，哞哞直叫。受伤的战士也都痊愈了。他们应该出发了，奔海伦八道岗子，和张师长会师，去开辟新的抗日战场！

张大嫂说："大兄弟，留也留不住你们，你们都是干大事的。我做了小鸡炖蘑菇，你们吃饱了精精神神的，铆足了劲儿打小鬼子！"栓子拽着常志坚，一门心思要参加抗联。常志坚冲着张大嫂一努嘴，栓子心领神会，便跑过去央求他妈："娘，常叔叔答应了，就差你了。"

张大嫂怜爱地摸着栓子的头："去吧，谁让你生在这个世道了，你不打他不打，日本人还不得作上天！"

"哈，娘答应喽！"栓子乐得跳起来。这时，一个放哨的战士火急火燎地闯进来："团长，不好了，山林队来了！""快，冲出去，准备战斗！"常志坚说着带头冲了出去。

冲出窝棚的一刹那，常志坚心里陡然升起一个念头：敌人是不是朱凯引来的呢？想到这儿，他扭头一看，坏了，朱凯果然不见了！

六

常志坚来不及多想，立即命令战士们呈扇面形散开，占据有利地形，隐蔽好，枪上膛，刀出鞘。刚布置完，一队黄黑间杂的队伍就冒出了头。这是鬼子绥棱讨伐队，由日军和伪满军组成，大约有六十人，队长是沟口纠夫中尉。讨伐队在他的指挥下呈搜索队形，一步一步地向窝棚包抄推进。等他们走近了，脚步声听得真切，刺刀的寒光有点儿晃眼。常志坚大喊一声："打！"抗联战士的长短枪一起开火，子弹嗖嗖地飞出，与空气摩擦发出一声声刺耳的尖叫，树叶草末子带泥土四处纷飞。鬼子立即卧倒还击，三八大盖啪啪脆响，小钢炮、掷弹筒打得震山响，几炮就把窝棚掀翻了。沟口纠夫挥舞着指挥刀，杀猪似的号叫："抗联、主力的，统统的消灭。"

除了武器占劣势外，抗联兵力一比二对敌，但伪满军怕死，战斗力较弱，所以，常志坚他们借助有利地形和精准的射击，暂时压住了小鬼子进攻的势头。

敌人猫在树后喘息着。沟口纠夫眨巴眨巴那对三角眼，狞笑着对伪军头儿招手："你们的，前面的，冲锋。明白吗？"

"啊？"伪军头儿脸都绿了，可一看沟口纠夫那张吓人的脸，忙点头哈腰，"嗨！我们冲！"于是转身命令手下向前冲。"快点，磨蹭啥？老子崩了你！"一个伪军战战兢兢，行动迟缓，被他踹了一脚，骂骂咧咧地说道。

沟口纠夫这招挺狠。伪军在前，成了挡箭牌，成了敢死队，后面的小鬼子猫着腰跟着冲了上来。前面的伪军一想，往前是死，往后也是个死，干脆上吧。人一急，猛劲上来了，战斗力就明显增强了。敌人越来越近，常志坚他们渐渐有点儿支持不住了。就在这时，鬼子身后突然响起了枪声。啪，一个鬼子的脑袋被开了花，啪，又一枪，一个伪军应声倒地。好像不是一个人在开枪。沟口纠夫叽里呱啦叫了一声，鬼子和伪军全趴下了。他喊的意思是有狙击手。

其实，那时全世界的狙击手也没有多少名。在七七事变前，国民党曾派几十人去德国培训，回来后大多在淞沪抗战中为国捐躯了。他们使用的也不过是三八狙击步枪，根本不带瞄准镜。那时我国光学仪器工业极其落后，根本仿制不了，更别说制造了。所以，抗联乃至八路军可以说根本没有狙击手，有也只能称之为"神枪手"。八路军确实出过许许多多个神枪手，比如胡先汉，二里地毙杀鬼子。新中国成立后，我们军队有了狙击手，最出名的是张桃芳，在朝鲜战场上，他用时三个月，用弹四百三十六发，毙敌二百一十四人，荣登世界十大狙击手排行榜，名列第八。

话说回来，背后射杀日本兵的不是狙击手，是朱凯。朱凯确实是个神枪手。那朱凯咋没在窝棚里或者和大家在一块儿呢？他内急，钻到树林里方便去了。朱凯方便完了，讨伐队也来了。朱凯一看，回窝棚来不及了，便转头就走，他想绕过去，跟踪的战士寻思他要跑呢，便快步跟上。

当朱凯出现在讨伐队后面时，日军的又一次进攻被打退了。一个日本兵掉队了，朱凯悄悄迎上去，跟踪的战士一看：果然是奸细。跟踪的战士刚要端枪，就见朱凯一纵身，把日本兵打晕了。战士一看，乐了，忙大步撵上，朱凯回头一笑。

两边一打，讨伐队蒙了，沟口纠夫急了。这不是偷鸡不成蚀把米啊？宪兵队的情报也不准哪！

原来，几天前，山下张铁匠屯大地主曾庆荣丢了匹马，有个长工找马，找到窝棚附近，看见有人端枪站岗，吓得掉头就跑。回去向曾庆荣一说，老家伙眼珠子转了转，说了句"套车"，便颠颠地去了绥棱。曾庆荣的儿子曾凡茂在特务队当副队长。老家伙把这事一说，曾凡茂那瘦长的脸立马变圆了："爹，我的亲爹呀，这下儿子在皇军那儿可长脸了！"绥棱日本驻军队长吉野太郎大尉听完曾凡茂的汇报，立刻来了精神，便命令沟口纠夫带着讨伐队扑来了。

常志坚一看日本兵后面起火了，知道有人救援来了，大喊一声："同志们，咱们的救兵来了，日军被包围了，冲啊！"战士们精神抖擞，如猛虎出洞，纷纷跃出，杀向鬼子。鬼子一见，也开始四散逃命……

常志坚带领战士打扫战场，张大嫂也跑过来帮着捡枪，从敌人身上拽弹夹。这是常志坚的命令，那时就缺子弹。

"大兄弟，这有一个喘气的。"张大嫂发现一个被打断腿的伪军，便冲着常志坚大喊。常志坚忙跑过来，用枪指着他，厉声问："说，你们咋知道的？说实话，要不我毙了你！"

伪军的脸被吓得刷白，连忙说："长官饶命，我说，是曾队长他老爹告的密。"

"曾队长他老爹？说明白！"

"张铁匠屯的曾庆荣……"伪军正说着，猛听张大嫂大喊一声"大兄弟"，便一下子扑到常志坚的身上。与此同时，一声枪响，子弹击中张大嫂，常志坚一手扶住张大嫂，顺着枪响的方向一看，一个受伤的日本兵正要抬枪再射，常志坚大吼一声，举起盒子炮向那日本兵连打三枪。

原来，常志坚正问伪军话呢，一个身受重伤的日本兵抬枪瞄准了他。张大嫂猛然发现，大喊一声，同时不顾一切地扑向了常志坚。张大嫂用自己瘦弱的身躯挡住了子弹，面带微笑地倒在了常志坚的怀里。"大嫂，张大嫂！"常志坚大声呼唤着，使劲儿地摇晃着，但张大嫂永远听不到他的呼唤了。常志坚啊的一声大叫，举枪击毙了瞪着惊恐眼睛的伪军。"去死吧，啊！"常志坚咆哮着。

朱凯和监视他的战士也跑了回来。他们含着热泪把张大嫂埋在了一棵高大的落叶松下，上面堆着一束束野花，其中，有一枝蒲公英，虽然枯萎了，但战士们觉得它依然绽放，香气袭人。一阵微风吹来，蒲公英的小伞飞起来了，飞向了蔚蓝的天空，飞向了广袤的大地。在常志坚和战士们的眼里，神州华夏，遍地蒲公英……

二十九岁的常志坚泪流满面，他深深地给张大嫂鞠了三个躬。嫂子，母亲一样的嫂子，我们抗联之所以能在如此艰苦的条件下生存、战斗，就是因为背后站着千千万万个张大嫂啊。战士们站立着，内心十分悲痛，他们没有像现在一些电视剧那样，鸣枪致哀。因为那时的子弹太珍贵了，他们要留着，要把子弹留给那些疯狂的敌人……

这次战斗，常志坚他们击毙了七个鬼子，十一个伪军，缴获了十五支长短枪，还有一挺歪把子机枪。而我们，又有八名战士永远长眠在巍巍的大青山上……

弯弯曲曲的山路上，一队人马逶迤前行。目标：海伦八道岗子。常志坚和朱凯走在队伍的前头。

"朱凯，你说省委给我们带来了密电码？"

"啊，是。"常志坚苦笑了一下："密电码，我们多想有一部电台啊。我们师原来有一部美国制造的干电池收发报机，可早被日军的大炮炸飞了！"

朱凯沉默一会儿："常团长，我们一定会有电台的，一定会和省委联系上的！"

常志坚听了，坚定地点点头，他的心里又飞到了张光迪师长那儿。见常团长不吱声了，朱凯忽然想要回海伦了，虽然没和张师长联系上，但他找到了抗联的部队，心里总算多少落了点儿底。

夕阳西下，一抹金色的余晖披洒在每个抗联战士的肩上，映出一道道剪影，融入了身旁苍翠的大山，融入了脚下肥沃的黑土地……

七

张光迪在苇子塘被"天下好"救出包围圈后，立即沿着三道乌龙沟子向海伦八道岗子进发。由于他们绕过了张家湾，所以一直走山路，经过七天的跋涉，顺利到达了目的地。

常志坚他们则迎来了一个小插曲。

他们傍黑下山，半夜走到一个屯子头，见前面有个人在一个泡子里起鱼呢，他们悄悄摸上来，把打鱼的老乡吓了一跳。常志坚和蔼地问道："老乡，前边这个屯子叫啥呀？""张铁匠。"打鱼人这仨字一出口，常志坚一愣，猛然想起了刚刚牺牲的张大嫂，便急着问："曾庆荣是不是这个屯的？"一听常志坚打听曾庆荣，打鱼人没了好气，边往泡子里走边硬邦邦地回答道："是，屯中间一溜儿青砖瓦房，门口有俩石狮子，快去找吧。"

常志坚微微一笑，回头一摆手，一行人快速地奔屯子而去。

曾庆荣告完密，从绥棱回到家，这会儿睡得正香，哪料到常志坚他们摸上门来，没等叫出声，就被抹了脖子。除掉曾庆荣，常志坚心里痛快了不少，脚步也轻快了，队伍继续前进，没几天就到了八道岗子，和张光迪师长胜利会师。

部队休整一天，张光迪师长主持召开连以上干部会议，研究下一步行动。大家都说当务之急是必须进海伦把密电码取出来，尽快和省委取得联系。于是，朱凯和郭连长奉命进城。

秋风中的海伦一片萧条，经过大搜捕和大屠杀，这座繁华的县城也和掉了叶子的老榆树一样显得干巴巴的。

朱凯和郭连长走进一家小吃部，简单地填着肚子。这时，大街上突然接二连三地开过几辆军车，车上满是穿着黄皮的日本兵。朱凯和郭连长对视一下，各自撂下碗筷，站起身走了出去，跟着汽车扬起的尘土来到了一处大院。

院内，汽车上的日本兵跳下车，叽里呱啦一阵乱叫，迅速排好队形，进入屋内。朱凯漫不经心地往大院门口溜达，见大门上挂着"海伦广信公司"的牌子，正探头往里望，一个管事模样的人正好走出来，看看朱凯，挥挥手："公司这两天不招人了，上别处吧。"朱凯往前迈了一步："哎老乡，我是十八伦的，大老远来应聘，前几天不还招人吗？""你没看见？公司被日本人临时征用了。""嘎哈的？""军事培训。刚来的日本新兵蛋子。哎，小伙子，不是我说你，这年头少打听，多一事不如少一事，你赶快走吧，让日本人看见就麻烦了。"朱凯不甘心，又往院里盯了几眼，才转身离去。

走到僻静处，朱凯一把扯住郭连长："老郭，你立马出城，把这里情况告诉张师长，这些日本兵刚入伍，战斗力肯定不足，让他半夜带人过来把这帮小子打发喽。我在这儿盯着。记住，到时我用铁路信号灯晃三下，就表示可以行动。"

郭连长答应一声，转头走了。

等到天黑，朱凯摸进了张玉秀的家。老同志久别重逢，异常兴奋与激动。张玉秀烧了壶开水后，把朱凯走后发生的变故叙述了一番。朱凯听完，牙根儿咬得嘎嘎直响："嫂子，你放心，便宜不了这帮狼崽子！"说完，朱凯问起了密电码的事。张玉秀擦擦眼泪，叹了口气："嘻，不知老胡和老顾他们啥样了。说起密电码，老胡也没交代给我呀，只是临被抓走的时候喊着让我把他的信号灯管好。"

"信号灯？信号灯，信号灯。"朱凯嘴里一连气儿叨咕这仨字，突然一拍大腿，"有了，嫂子，赶快把灯找出来！"张玉秀答应一声，在仓房里把信号灯拿出来。朱凯接过后，仔细打量半晌，突然用手拧开灯座，一册薄薄的小本静静地躺在灯座里。朱凯一把抓出，紧紧地揣在怀里……

半夜，海伦城漆黑一片。广信公司门外，朱凯和张玉秀隐藏在暗处，紧张地盯着前方。突然，前面传来一阵轻微杂沓的脚步声，一堆人悄然而来。朱凯咕咕地叫了两声，对面回了两声猫头鹰的叫声。朱凯急忙用信号灯晃了三下，前面的人迅速蜂拥而至。朱凯迎了上去，握住走在前面的张光迪的手。张光迪小声地说："我们挑了七十个精兵，全是会两下子的，不用枪，清一色大刀片儿。""好，太好了。我观察了，这帮家伙做梦都想不到有人敢在老虎嘴里拔牙，岗哨都没放。""行动！"张光迪一声令下，战士们迅疾扑向公司院内。朱凯一把拽住郭连长："老郭，你留下。""嘎哈？"朱凯没吱声，把郭连长领到张玉秀面前，低声说道："你和老嫂子走，去杀叛徒！""啥玩意？你说啥？"郭连长有些急。"赶快走，听嫂子安排。"说完，朱凯忙不迭地扭头跑向了院子。

广信公司一排平房里，九十多个日本兵睡得很沉。张光迪他们破门而入，就见刀光闪落，血肉横飞，日本人鬼哭狼嚎，半个小时就都见了阎王。其中包括横田、松尾等三十多个尉级军官。

张光迪夜袭海伦城，未损一兵一将，斩杀近百个日本鬼子，事件惊动了关东军司令部。鸠山幸二差点儿剖腹自尽。当时的进步报纸都浓墨重彩地报道了此事。知道信儿的中国人背后都炒了俩菜，喝上二两，着实偷偷地庆祝了一番。

张玉秀领着郭连长杀谁？对喽，王文举。王文举叛变后，得了一笔赏金，天天下酒馆、逛窑子，好个得意与逍遥。这天晚上喝得酩酊大醉，稀里糊涂地被郭连长弄死在了被窝里。

张光迪他们趁着黑夜迅速撤出了海伦城。天刚亮，他们便回到了驻地。大伙被胜利的喜悦浸润着，都无比兴奋，一点儿睡意也没有，七嘴八舌地议论着杀鬼子的经过。"都别吵了，快看我整着啥宝贝了！"朱凯的一句话让大伙一下子肃静起来，定睛看去，朱凯居然抱着一部电台。他自豪地说："一进屋，我不光想着杀日本兵，还留意看有没有这宝贝，你别说，日本兵还真够意思，给咱们预备好了。"

"乖乖，日军的九四式三号无线发报机，这是现在最先进的，太好了！"报务员李自清激动地抢过电台，啪地用嘴亲了一下。他是江苏人，三十多岁，曾在苏联留过学，专门研究电子技术的。

张光迪捅了一下朱凯："真有你的，干得漂亮！"朱凯挠了挠脑袋，不好意思地笑了。

这时，一轮红日从东方冉冉升起，万丈光芒把八道岗子照得锃亮。张光迪大声地对李自清命令道："报务员，马上按照省委送来的密电码发报，赶快与北满省委取得联系！""是！"李自清一边响亮地回答，一边敬了一个标准的军礼，然后难掩激动的心情，立即调试电台。不一会儿，嘀嘀嗒嗒的电波带着胜利的希望穿越茫茫的林海，向着光明飞去……

把家虎

　　一只云雀从小兴安岭余脉的大青山脚下的一大片沼泽地里冲天而起，掠过白桦林的树梢儿，擦着软绵绵的云朵，发出一声鸣叫……

　　如同钢铁般坚硬的土地已经松软了，似乎有了温度。小草懒洋洋地探出头，黄里泛着白的外皮包裹着嫩嫩的绿色。消融的雪水灵巧地躲过岩石，缠绵地卷着枯黄的树叶草木，欢快地向前奔跑着……

　　如同覆盖在呼兰河身上的一件厚厚棉衣的冰雪，被春风撕破，仿佛一块块棉絮四处散去，随着河水上下起伏，偶尔撞击在一起，发出咔咔的响声，远远望去，像无数匹奔腾的野马，又似千万朵盛开的白莲花……

　　一小队全副武装的日本兵骑着马沿着大青山脚下呼兰河边的土道疾驰而来，紧随其后的是一队服装样式和颜色杂七杂八的伪满洲国国防军，还有几个伪满洲国警察，马队扬起一道烟尘，他们肩上的刺刀在阳光下闪闪发亮……

这是1932年春天的一个早上。这天是莲花泡子的集日。

莲花泡子是绥化县的一个大乡，它位于北满的绥化、海伦、望奎三县交界之处，素有"鸡鸣闻三县"之说。

大集上人来人往，热闹非凡。道两旁摆满了木耳、蘑菇、蜂蜜、山鸡、野兔子，农副产品和山货应有尽有。尤其是插在草捆上的一串串糖葫芦，颜色鲜红，那糖浆在太阳的照耀下似乎要流淌下来，引得小孩子直流口水。

二佐屯的孙大刚走到糖葫芦摊前，左瞧瞧右看看，终于下定决心，伸手拔下一串，背在身后。他大步流星地穿过人群，走到一个黄烟摊前，对着站在一堆黄烟叶子后的王大燕做了个鬼脸。

王大燕，就是我的二奶。这年，她十九岁，比孙大刚小两岁。

"大燕子，你猜，哥给你买啥了？"

"有屁快放，没工夫和你闲磨，我还卖烟呢！"

"啥时候说话都跟吃枪药似的。"孙大刚说完，跟变戏法似的亮出了糖葫芦，"瞧瞧，这家伙新蘸的，稀酥嘣脆。来，我请客。"

王大燕伸手拦住孙大刚递过来的糖葫芦："不稀罕，要吃我自己买。"

"你看你，一个丫头片子，死犟。咱一个屯子的，吃串糖葫芦还能药着你呀？"

王大燕接过糖葫芦，弯腰从烟堆里拽出一扎烟叶，一边递给孙大刚，一边说道："两清。"

孙大刚挠了挠脑袋："总跟我见外。"

王大燕咬了一口糖葫芦，瞅着孙大刚，问道："你不好好在你舅那儿卖货，跑这儿嘎哈来了？"

孙大刚一乐："我舅让我来集上买点儿米。"

王大燕正要说话，突然一阵吵闹声和马打鼻儿的声音传来，接着赶集的人一阵大乱。

孙大刚和王大燕扭头望去，一队当兵的人从东头冲进了大集。这些人跳下马，在一棵大榆树下列队站定。一个穿着黑衣服的警察拿出一张布告贴到树上，又有两个人走到墙边，用白灰在墙上刷写着大字。

有胆儿大的围过来观看，孙大刚和王大燕也挤上前去。这时，一个梳着中分发式、穿着棉坎肩、戴着镜片厚度和酒瓶底一般的大圆眼镜的人咳嗽一声，拉着长音喊道："乡亲们，乡亲们，告诉你们一个好消息。什么好消息呢？就是三月九日，'大满洲帝国'在新京（今吉林省长春市）成立了。"话音刚落，一同来的当兵的和警察大喊："'满洲国'成立了，日满共建王道乐土——"

"啥玩意儿？又改朝换代了？"

"这个国那个家的，咋的也没老百姓的好！"

围观的人群里，人们叽叽喳喳地小声议论着，然后渐渐

散去……

　　天黑时，王大燕正在收拾碗筷。门一开，刘快嘴叼着长杆儿烟袋走了进来。

　　"哎呀，大燕子搁家呢？"

　　王大燕瞅了刘快嘴一眼："啊，这不刷碗嘛。三婶啊，这么闲呢？"

　　这时，王大燕的爸爸，我的太姥爷，绰号"王老蔫儿"，从屋里迎了出来："哎呀，她三婶，快，炕头坐，炕头坐！"

　　刘快嘴扭动着身子进了屋，一屁股坐到炕头上，麻利地盘上腿，吧嗒一下烟袋，慢吞吞地喷出一口烟雾："四邻八舍的都叫我刘快嘴，其实我就是说话不绕腾，胡同里赶猪——直来直去。这不嘛，你托我给大燕子找个人家，我真当回事了！"

　　太姥爷一听，眼睛直放光，急忙递过烟笸箩："她三婶，再装一袋，不着急，慢慢说，谁家呀？"

　　刘快嘴瞅了一眼太姥爷，拿下烟袋，吐了口唾沫："急啥？听我从根儿上说。老话说得好，山有树，河有水，有剩男，没剩女，可咱这儿旯旮，到了大燕子这岁数再找不到婆家那就好说不好听了。"

　　刘快嘴用手抱着头，歪着身子，着急地说道："大燕子，我没说完呢。你这几样都不占，这么大岁数没找着婆家，就怨孙大刚和你那一把菜刀。"

这下，王大燕不吱声了，走了出去。

那个年代，像王大燕这般年纪没有嫁出去，就是老姑娘了。王大燕的性子就像个假小子，脾气跟炮仗似的，沾火就着，就是我太姥爷，一句话呛着，她也不让，气得我太姥爷骂她"牲口"。王大燕找不到婆家，确实与她的性格有关，但更和孙大刚和"那一把菜刀"有关。

王大燕从小就和屯子里一帮小子玩，尤其是孙大刚。一帮人钻进大青山掏鸟窝，跑到呼兰河里抓鱼。十六岁那年，有一回，王大燕和孙大刚俩人进山打松树塔子，孙大刚在树上打，王大燕在下面捡。孙大刚为了够一个塔子，往上一迈步，把树枝子踩折了，脚蹬空，从树上掉了下来，摔得不轻。

王大燕吓坏了，拼命要背孙大刚回屯子，但没有整动，急得她一边抹眼泪一边往屯子跑。等跑到孙大刚家，她已经上气不接下气了。王大燕断断续续说完事情的经过，孙大刚的妈立刻拉下了脸子，眼圈也红了："你俩成天在一起疯，咋样，是不是疯出事了？"

"这工夫还争啥里表啊？赶快进山呢！"孙大刚的父亲一跺脚，叫上邻居，和王大燕进山了。一帮人跑到出事地点，地上除了十几个松树塔子和那半截树枝子以外，根本就没看见孙大刚的影子。孙大刚的妈一下子跌坐在地上，拍着手哭了起来。众人拉起她，渐渐停止哭声的她突然睁开眼睛，大骂王大燕是个丧门星，最后放下话："王大燕，找不到大刚，我和你们老王家没完！"

结果一连几天真就没有孙大刚的消息，孙大刚的妈拄着拐棍来找王大燕了。

太姥爷一个劲儿地赔不是，孙大刚的妈躺在地上打滚："王老蔫，你养的好闺女，你说咋整吧？我那活蹦乱跳的儿子呀，呜呜——"

太姥爷没辙了，一跺脚："刚子妈，那你说咋整？我都听你的。"

"那好，你马上张罗！"孙大刚的妈立马翻身坐起。

过去老家解决这类事情的做法极其简单——摆酒请人讲和。太姥爷摆了一桌酒，请来屯中有头有脸的人物平乎这件事，其中就有徐大板牙。

徐大板牙并不是屯子里受人尊敬爱戴的人物，相反，乡亲们见到这个身材瘦弱、鼓着一对蛤蟆眼、龇着两个快板一样门牙的人，心里就跟吃了一坨狗屎一样，可脸上还得露着讨好的笑容。谁家有个大事小情也不敢落下他，否则，徐大板牙给你横插一杠子，让你鸡飞蛋打，甚至让你大出血。

徐大板牙是个孤儿，在二佐靠吃百家饭长大。按道理他应该对乡亲们感恩戴德，可他长大成人后，吃喝嫖赌抽，五毒俱全，结交一些无赖，在屯子里要横，成了屯大爷。乡亲们都说他是大青山里翻着白眼的恶狼托生的，龇牙咧嘴净祸害人。

平事的酒在端杯前就要把要办的事说清楚了。一般都是由一个领头的人物讲明事情的利害关系，然后大伙商定一个双方都能接受的解决方案。这个机会徐大板牙当然不会放过。他说话干脆硬气，让太姥爷拿出两块现大洋。太姥爷当时就蔫了，砸碎他骨头也拿不出来呀。徐大板牙脸上的横肉一颤："那就用地顶！"

太姥爷见徐大板牙放出这句话，脸都变色儿了，结结巴巴地吭哧道："地？我……我就指着那三亩地……"

话没说完，徐大板牙从炕沿上站起身，走到他面前，歪着脑袋梗着脖子打断太姥爷的话："人家那可是一条人命，活蹦乱跳的一个大小伙子，说没了就没了。王老蔫，你拍拍胸脯子，要换作是你，你咋办？"

"要不……要不我把大青骡子给他家吧。"

"哎呀王老蔫，没看出来呀，骡子再大，那充其量也就是一把毛的玩意儿，这能说得过去？"

王大燕在外屋和找来帮忙的三舅母做饭，她一边干活一边支棱着耳朵听屋里说话，脸上一阵红一阵白，把菜刀在菜板子上剁得直响。听到这儿，王大燕拎着菜刀闯进了屋，指着徐大板牙说道："徐大板牙，我爹找你来是解决事情的，不是让你来抄家的。咋的，孙大刚自己从树上掉下来的，全

赖我呀？"

"嘿，小丫头片子，你管谁叫徐大板牙？这大人的事，你个黄毛丫头，瞎掺和啥？"

王大燕冷笑一声："我们家的事不用你管，你痛快给我滚！"

徐大板牙嘿嘿一笑，斜着眼睛瞅着王大燕："我今儿个就不信了，二佐有谁敢跟我斗？"

王大燕跳起脚，抡刀奔着有些得意的徐大板牙就砍了过去。徐大板牙"妈呀"一声，一下蹿到炕上，大叫道："王老蔫，你等着啊，我叫你吃不了兜着走！"说完，奔窗户蹽了。

这顿说和的酒被王大燕一菜刀抢黄了。

说和的人都摇着脑袋走了。孙大刚的妈吐着舌头，连声咂嘴："我的妈呀，这家伙真虎啊，谁要娶了，不得把祖宗板给掀个底朝天啊！"

徐大板牙咬牙切齿，牙根儿痒痒了好几天，但也没咋的——孙大刚突然回来了，他说大燕子刚走，他被一个打猎的救走了。

孙大刚没说实话。那天出事，王大燕匆匆离开后，密林之中走来两个人。他们是抗联十二支队的侦察员，见孙大刚躺在树下动弹不得，怕被野狼和熊给吃了，就把孙大刚背到了密营之中。好在伤得不严重，加上孙大刚年轻，没几天就好了。但就这几天，让十九岁的孙大刚走上了革命的道路，他秘密地加入了抗联。

王大燕用刀砍徐大板牙，一战成名，但也因此耽误了婚姻大事。

眼看王大燕一天天长大，太姥爷着急了，四处托人，可一提王大燕，人家立马摇头摆手，一句话都不愿意往下唠，没人敢娶她。这回，在大青山方圆几十里保媒拉纤出了名的刘快嘴能把这片愁云从太姥爷脑瓜顶上给抹去吗？

太姥爷好歹拉住了王大燕，刘快嘴也稳住了神，开始说正事。

"我给你保的这家是于粉坊屯的，离咱这儿二十多里地，姓于，本分人家，不过和你一样，死了家口。老大前年在山里倒套子被砸死了，老二叫二林子，就是比大燕子小三岁。"

"没挑，不过岁数是差点儿。"

"也中了，十六，照大燕子小三岁呗。俗话说，女大三，抱金砖。"

王大燕接过话茬，大声地说："用不用我给他把尿哇？"

刘快嘴咯咯地乐了："瞧咱大燕子说的，啥都懂啊，那小子我见到了，长得不赖，配得上你。"

"中，也算门当户对。困难点儿不怕，这年头，哪家富裕呀？实在不行，我把大青骡子给他，就当陪送了。"太姥爷挺高兴。

王大燕噘着嘴，嗔怪地说："爹，真当我没人要了，下这么大血本啊？"说话间，脸蛋却泛红了。

太姥爷咧嘴笑了。他从兜里掏出早已准备好的钱，递给刘快嘴："她婶子，你忙前跑后的，一点儿小意思，别嫌少啊。"

刘快嘴眼睛放光，乐颠颠地伸手去接。王大燕上前一把夺过来："保媒跑腿，两头抹油嘴，这活不错啊。"边说边抽出一张，"就这些，嫌少就拉倒！"

刘快嘴看着王大燕，咽了口唾沫："你真是个把家虎！中，邻里邻居的，我就吃点儿亏，明儿个我就去老于家把日子定喽。"说完，不满地剜了王大燕一眼。王大燕眼珠子一瞪，刘快嘴慌忙走出屋外，站在门口回头轻轻地呸了一下。

把家虎，在东北话里指特别能过日子，对自家东西看管得非常严，谁也别想占她便宜的老娘们。你想，老虎看家，你还能在它的眼皮子底下弄出点儿啥玩意儿？所以，能有这等外号也绝非轻而易举，更不是浪得虚名！

王大燕荣获这一桂冠，据说，十里八村仅此一人。

一个愿娶，一个愿嫁，事情办得就痛快。转眼就到了娶亲的日子。

太阳刚冒红，王大燕正坐在镜子前梳妆，镜子里映着王大燕俊俏的面庞，迎亲的唢呐声隔着窗户传了进来。

刘快嘴着急了："大燕子，麻溜的，接亲的进门了。"

王大燕依旧不紧不慢地照着镜子："进就进，我不捯饬完，他们还能空着手回去呀！"

"这孩子，真拿你没招。听话啊，这结婚讲究时辰，对你们两家都好。"刘快嘴连劝带拉，把王大燕拽出了屋。

王大燕被人架着上了接亲的毛驴。刘快嘴用手捅咕王大燕："大燕子，哭，哭哇。"

王大燕问："结婚哭啥？"

"这孩子，这叫离娘泪，金疙瘩，娘家日子能起发。快，哭两声！"

王大燕掀开红盖头，看了一眼住了十九年的草坯房，看到房檐下站着的太姥爷，鼻子一酸，咧嘴哭了："爹啊！啊啊！"

刘快嘴一愣，说道："哭两声是那么回事就得了！"说完，急忙对着吹鼓手摆手，"快吹呀，快吹！"

吹鼓手鼓着腮帮子吹了起来。欢快的唢呐声一下子淹没了王大燕的哭声。

迎亲队伍出发，渐渐远去……

于粉坊屯这天也是热闹非凡。屯子有人办喜事，乡亲们都来贺喜吃酒席。二爷家的院子里摆放着十几张桌子，桌旁坐满了大人小孩，都等着解馋呢。

　　二爷的四叔是个光棍儿，按辈分我得叫他四太爷。四太爷头脑挺灵活，但好要钱、逛窑子。这个场面哪能落下他？忙里忙外地张罗着，俨然是一家之主。他走进炒菜的棚子，抓起一个炸丸子，放进嘴里，嚼了几口："嗯，挺香。"

　　厨师有点儿不乐意："我说，那可有数，尝一个得了。"

　　听厨师如此说，四太爷一瞪眼："啥？我是新郎官的四叔，吃个丸子咋了？"说完又抓起两个，白了厨师一眼，走出棚外。这时，送亲队伍到了院门外，一个小伙子拿起高粱袋子放到地下。

　　刘快嘴扶着王大燕："下来，瞅点儿，踩高粱袋子，这叫步步登高。"王大燕从毛驴背上下来，踩住高粱袋子。这时，二爷走到她面前，背起她往屋里走，脚步有点儿摇晃，显得有些吃力，引来看热闹的人一阵哄笑。

　　太爷站在一旁，看着这一幕，脸上写满了兴奋与满足。

　　二爷的两个弟弟，还有几个亲戚用掺杂着彩纸的高粱往他们小夫妻二人身上打。围观的人大喊："嘿，看哪，猪八戒背媳妇了……"

　　这时，一个跑海的打着竹板走了进来，旁若无人地念着喜嗑："喜鹊登枝叫喳喳，月老来把红线扎，虽然不是亲和友，道个喜嗑算是庆贺啦……"

　　支客人一见，急忙跑过来，塞给他一张零钱："行啦，一会儿找个地方喝杯喜酒吧！"

一时间，二爷家欢天喜地，好不热闹。洞房内，更是喜气盈盈。

刘快嘴尖声地喊着："大燕子，快，上炕，坐福，快点儿。"边说边把王大燕按在了炕上的新被上。这时，屋里帮忙的二爷这头的女亲戚也拉过二爷："快上炕，抢福啊。"

"嗯哪。"二爷答应一声，上炕挨着王大燕坐下。王大燕用脚蹬了一下二爷，二爷没有防备，差一点儿倒在地上。二爷瞅了一眼王大燕，一下坐到王大燕身边。

刘快嘴在一旁捂着嘴，憋不住笑。二爷家的几个女亲戚愣住了，互相瞅了瞅，小声嘀咕："妈呀，真愣实啊！""是不是有点儿虎啊？"

刘快嘴急忙打圆场："瞧瞧，月老还能系错红绳？你们看，这小两口多般配，啧啧！"说完，急忙招呼二爷的弟弟，"小叔子是吧？快，快拽你嫂子下炕。"

二爷的弟弟，也就是我三爷，听刘快嘴这么一说，伸手就去拽王大燕。刘快嘴叨咕着："小叔子拽一把，又有骡子又有马。小叔子拽两把，金银财宝满地撒。小叔子拽……"说话间，王大燕被三爷拽下了炕，她象征性地打了三爷一拳。

刘快嘴着急了："哎哎，我这还没说完呢，咋下来了？"屋内顿时响起一阵笑声。一个女亲戚笑完，说道：

"老媒婆说得真准呢，人家娘家真陪送一头大青骡子。"

话音没落，就听外面支客人扯着嗓子大喊："开席了——"随着他的喊声，方盘手开始端菜，依次放到桌子上。喧闹的人们立刻安静下来，飞速地往碗里夹菜。有张桌子上的两个小孩同时夹住盘子里一小块肥肉，互不相让。四太爷走过来，照着他们的脑袋拍了一下："嘎哈呢？有点儿样！不怕送亲的看见笑话咱们于粉坊屯的人哪？"双方家长这才也哄劝孩子。不一会儿，桌子上的盘子就见底了。

支客人来到娘家客的桌前，赔着笑脸说道："娘家客儿别着忙，看哪个菜好就吱声，管吃管填。"四太爷也凑了过来："对对，别着急，虽说二十里的道儿，大马车颠起来也快，啊，是不是？"

四太爷的话音刚落，王大燕的表姐不乐意了："当我们是三岁小孩子，好赖话听不出来呀？这不是明摆着撵我们走吗？"

四太爷还要分辩，太爷上前，对着大伙拱拱手，满脸歉意："别介意，别介意，我弟弟不会唠嗑，他没那个意思，咱们不能因为几句闲话造掰喽。慢慢吃，慢慢吃！"说完，推搡了一下四太爷。

支客人也一个劲儿地赔不是："别挑理，咱屯子人直肠子，说话不会拐弯。我去厨房看看，还有啥好货再整点儿来。啊，大伙慢用、慢用！"

王大燕的表姐一努嘴："造，可劲儿造！"然后压低嗓音提醒道，"临走别忘了带着！"一桌子人点了点头，接着又吃上了。

过了一会儿，送亲的娘家人吃完了，开始离席。王大燕的表姐带头将一只碗揣进怀里。其他人见状，纷纷效仿。四太爷见了，刚要吱声，太爷拽了他一下，使了个眼色，但脸上明显露出心疼的神色。

娘家人连盘子带饭碗偷了不少，正要离开，王大燕不知啥时候站在他们身后，满脸不高兴："不是，你们是不是太过分了？咋还偷上了！"

王大燕的表姐转回身，脸一红："这不是老礼吗？"

王大燕眼珠子一瞪："那也不能可劲儿整啊，我们还过不过了？"

偷亲的人自觉理亏，一个个把盘子和碗掏出来，放到桌子上。

王大燕的表姐见状，撇嘴道："哎呀，这才哪到哪呀，胳膊肘就往外拐了。"说完，把碗放到桌子上，径自走了。

送亲的人都歪着脖子瞅着王大燕，嘴里小声地嘟囔着："这把家虎的名真没白叫。"

太爷看到这一切，瞅瞅王大燕，脸上现出喜色。四太爷眨巴一下眼睛，表情显得很复杂。

二爷家办喜事，欢天喜地，大青山上的一个山洞里，土匪贺黑子和他的手下却一点儿也高兴不起来，因为他们快要断粮了。

实话说，土匪打家劫舍，大碗喝酒大块吃肉，那情形也有，但不是经常。土匪不但要躲避官府围剿，还要为嘴巴着想。穷苦百姓没啥油水，大户有钱有势，差不多都养人看家护院，想砸一把也不是那么容易。何况贺黑子很仁义，不许手下乱来，所以，日子过得相当艰难。

贺黑子手下只有十多个人，多半是穷苦人出身，实在是没活路了，迫不得已上山落草。他手下有个兄弟，外号叫五赖子，手黑，心眼多，贺黑子挺依仗他。

五赖子走到贺黑子面前，低声说道："大哥，粮食可不多了。我说王老鸹儿嫁闺女，咱整一把，你偏不干。"

贺黑子没抬头，硬邦邦地甩过一句话："就知道祸害老百姓，好赖咱也是杀富济贫，有能耐挑那来路不正的大户开刀！"

五赖子小声地嘟囔一句："我也知道，可大户……大户不好整啊。"

贺黑子抬起头，看了看五赖子："不好整也得整。这样，这两天你带人探探路，我亲自下山，咱们大干一场。"

五赖子一听，来了精神头："好嘞大哥，我带个兄弟踩点去。"

于粉坊屯笼罩在夜幕之下。二爷家灯火明亮，几个女的和三爷他们正在闹洞房。

不一会儿，太爷在门外喊："三呀，你们几个赶紧回屋睡觉，听见没有！"闹洞房的几个女的听见后，互相伸了伸舌头，做了个鬼脸，知趣地走了。

屋里就剩下二爷和王大燕。王大燕蒙着红盖头坐在炕头，二爷一声不吱，三下五除二地脱掉衣服，钻进了被窝。

王大燕等了半天，也不见二爷来掀盖头，便轻声地叫了一声："哎——"

二爷侧过脸问："嘎哈？我困死了！"

王大燕没吭声，又等了一会儿，见没动静，啪地扯下红盖头，甩到炕上，衣服也没脱，背对着二爷躺下，眼里闪出一丝幽怨……

不一会儿，二爷打起了呼噜，很快进入梦乡……

转眼间，王大燕和二爷结婚三天了，按规矩得回门。于是，天刚放亮，二爷牵着大青骡子，王大燕骑上去，两个人就出了门。太爷站在门口，冲着远去的二爷和王大燕高喊着"路上小心"，二爷回头答应一声，大青骡子一甩尾巴，颠颠地向前走去……

大青山里的早晨空气格外清新。树叶透着碧绿，露珠在叶子上打着滚，鸟儿在树枝间晃动着尾巴，不时扭头用嘴啄下羽毛。一只老鹰陡然从林子里飞出，箭一般地冲向高空，展开双翼左右盘旋。二爷和王大燕走在湿漉漉的山道上，哼着蹦蹦戏，全然不知前面树林里有两双眼睛正盯着他们。

蹦蹦戏就是现在的东北二人转。蹦蹦戏是清朝后期和民国初年由闯关东的山东、河北人带到关外的，新中国成立以后才正式被称为"二人转"。

藏在前面道边树林里的这两个人就是出去踩点的五赖子和齐大勺子。

五赖子捅了齐大勺子一下："招子亮点（看清楚了）！"

齐大勺子探头看了看，回过头来压低声音说："就小两口。来了来了，马上到跟前了。"

"上！"五赖子一声招呼，率先钻出树林子，齐大勺子也随即跟了出来。

二爷和王大燕没想到路旁的树林里能钻出来两个大活人，当时吓了一跳。王大燕弯腰拉了一下二爷："二林子，八成不是好人。"

二爷停住脚步，拽住大青骡子，回头瞅了一眼王大燕："没事，不行你骑着骡子就跑，他俩撵不上的。"

王大燕一愣，脸一红，充满柔情地看了一眼二爷："怕啥？大白天的，有你这句话就中！"

五赖子站在道路中间，面对着二爷和王大燕，声音不高也不低地说道："西北玄天一枝花，金荣兰革是一家。报个蔓儿吧？（江湖上行走的人都是一家，报个姓名，干啥的？）"王大燕跳下辕子，二爷急忙用身子挡住王大燕，王大燕感激地看了一下二爷，两个人知道遇到土匪劫道了，谁也没答话，只是愣愣地看着。齐大勺子不怀好意地乐了，阴阳怪气地说道："哟嗬，小两口啊，看这样刚成亲哪！"

二爷问了一句："你们要嘎哈？"

五赖子扑哧一下笑了："嘎哈？大爷占山吃山，把货亮出来吧，别等爷动手。"

齐大勺子扒拉一下五赖子，色眯眯地说道："五哥，这娘儿们不赖呀。"

五赖子一耸肩："消停的，大哥的规矩忘了？劫富不劫贫，劫财不劫色。你找死呀？"

齐大勺子咽了咽唾沫，心有不甘："将在外，君命有所不受。咱哥儿俩不走口风谁知道？"

五赖子瞪了齐大勺子一眼，没说话，转过头来说："说春点（出来）你们也不开（土匪黑话，不明白），干脆，痛快的，把钱掏出来，省得爷费事！"

王大燕闪身走到二爷前："你们刚才不是说劫富不劫贫吗？我们就是穷人，哪有啥钱呢！"

二爷见王大燕从自己身后出来，急忙上前护住王大燕，小声说道："不是让你趁机逃跑吗？逞啥能？我截住他俩，你快跑！"

齐大勺子往前跨了两步："告诉你们，别给脸不要脸，

把家虎

逼急了，我可不讲什么山规（土匪纪律）。”说完冷不防蹿上去踢了二爷一脚，二爷一下子坐在了地上。王大燕见状，一转身奔向大青骡子，从鞍鞯下拽出一把砍刀，平时劈木头用的，挥舞着扑了上去。

五赖子一见，大骂一声，从腰里拔出匣子枪：“要财不要命，还遇到硬茬了！”边骂边往前上。

齐大勺子见王大燕挥着砍刀冲上来，急忙后退，一下子和五赖子撞到一起，回头见五赖子举着枪，立刻来了精神头：“五哥，点了点了（开枪）！”

五赖子用枪指点着王大燕：“小娘儿们，好男不和女斗，把骡子留下，爷放你们小两口一马，赶紧回家生孩子过日子去，不然，爷的枪子可不长眼睛！”

王大燕一咬牙，用刀指着五赖子，脸色铁青，声音洪亮：“行，俩大老爷们欺负俩小孩，真有能耐呀。要骡子没有，要命有！”

五赖子一听王大燕这话，脸上绷不住了，要是这趟“买卖”做不成，传出去，在道上就没面子了，丢人哪。于是，他一咬牙，打开扳机，就要开枪。二爷一见，急忙抱住王大燕，对着五赖子摆手：“行行行，那骡子归你还不中吗？”

五赖子嘿嘿一笑，对着齐大勺子一甩头，示意他上前牵骡子，枪却依旧支着。

齐大勺子快步上前，一把牵住缰绳，拉着骡子走过来，经过王大燕和二爷身旁时，故意地瞅瞅王大燕，脸上露出得意的挑衅神色。

王大燕猛地挣脱二爷的双手，挥刀对着骡子的后屁股砍了一刀，骡子疼得脑袋一低又猛地一仰，同时长嘶一声，蹿了出去，向前狂奔。这一下子把齐大勺子带了一个狗吃屎，摔倒在地。

五赖子没想到王大燕会来这么一手，一愣神，但马上反应过来，立刻变了脸色，气急败坏地大叫一声，就要扣动扳机。就在这一刹那，一支弩箭从道旁的树林子里嗖地射出，正中五赖子肩膀。五赖子哎呀一声，枪掉到了地上。与此同时，林子里跳出两个人，一人拿着弩，一人手里拎着短枪。

这两个人一个是孙大刚，一个是唐玉斌，都是抗联十二支队的侦察员。

五赖子龇着牙咧着嘴，急忙弯腰去捡枪。二爷和王大燕同时扑上去，二爷一下子趴到地上，整个身子把枪压住。这时，孙大刚和唐玉斌已经到了跟前，用枪抵住五赖子的脑袋："消停的，再嘚瑟枪子可要说话了！"

五赖子一边慢慢站起身一边说着黑话："并肩子（朋友），山不转水转，都是道上混的，既然有缘碰码（见面），锅里的碗里的一家一半，千万别和我们当家的贺黑子结梁子（结仇）。"

孙大刚微微一笑："少拿贺黑子吓唬我，日本人我也不在乎！"

五赖子一听这话，眼珠子转了转，猜出了八九分。他知道来人不是绺子（土匪）也不是鹰爪孙（官府的），大青山里只有抗联和日本人对着干，这下心里稍稍踏实了点儿。

"好汉，我们认栽。放我一马，改天我去拜码头。"

孙大刚用枪点了点五赖子脑袋，有些生气："道上都说贺黑子很仁义，不祸害老百姓，我看也是瞎传！"

五赖子急忙辩解："并肩子，兄弟这几天点儿背，控銮（赌钱）走了家当（输了），一时没想开，在大哥的线上（地盘）丢人了，兄弟认栽，是抹尖子（割耳朵）还是掏招子（剜眼睛），兄弟没二话，不带翻盘子（翻脸）的，只要瓢儿（脑袋）囫囵就谢了！"

这时，王大燕走上前，拿开孙大刚支着五赖子脑袋的枪，叹了口气："行了，他们也没招，都是让这年头逼的，要不谁吃这碗饭？我们也没咋的，拉倒吧！"

孙大刚收起枪，喝了一句："滚！"

五赖子感激地看了一眼王大燕，然后一咬牙，用手把肩头的箭薅了出来，折断："大恩不言谢，后会有期！"便和齐大勺子钻进了树林子。

五赖子折箭，并不是示威和不服的意思，这是盟誓！你们有不杀之恩，我以后一定拿你们当朋友，否则下场和这支箭一样。这还是旧时的江湖讲究。

　　王大燕看着孙大刚，有些愣神。她没想到这节骨眼儿能碰到他，更没想到他竟拿着枪。

　　"大刚，你哪来的枪？"

　　"我在绥化我表舅家卖粮，外带采买，这年头能不防着点儿？"孙大刚说完，瞅了瞅二爷，意味深长地盯了王大燕一眼，"这小子中啊，不赖劲儿！"然后接着说道，"时候不早了，我们还有事，你俩也抓紧赶路吧。前面不远就出山了，没事了。"说完，和唐玉斌也钻进了树林子。

　　王大燕看着孙大刚他们眨眼之间就没了身影，愣怔一会儿，突然转回身亲了二爷一口，二爷摸着脸蛋，不好意思地笑了……

　　小两口回门，历经生死，好在有惊无险，只是大青骡子跑了，让王大燕着实有些心疼。两个人拉着手往前走着，猛然看见前面道上出现了一个人。王大燕看着看着，突然不走了。

　　二爷瞅着王大燕，一晃王大燕的手，说："没事，就一个人，你怕啥？"

　　王大燕嘴唇哆嗦一下，眼泪唰地淌了下来，突然大喊一声："爹，爹——"然后撒腿向前跑去……

　　来人真是太姥爷。

　　原来，一大早，太姥爷就蹲在院门外盼着王大燕回门，在缭绕的旱烟里盘算着王大燕到家的时间，却突然看见大青骡子狂奔过来，在他的面前站定。老马识途，骡子奔家呀。

太姥爷见大青骡子跑回来，不见姑娘和姑爷的影儿，心里咯噔一下，立刻慌神了，急忙站起身，猛见骡子的后屁股鲜红一片，伤口翻翻着。太姥爷脑袋嗡地一下，他断定王大燕是在路上出啥事了，便心急火燎地顺道找来了。

王大燕扑到太姥爷怀里，嘤嘤地啜泣起来。太姥爷拍着王大燕的后背，眼睛也湿润起来："燕子，没事就好，没事就好。走，跟爹回家！"

正午的阳光明亮亮地洒下来，照着走在路上的这三个人，他们的身影越走越远，越走越小……

按规矩，三天回门不能住在娘家，所以，王大燕和二爷进了太姥爷家，便匆忙做饭，吃完饭，说了一阵子话就着急往回赶。天大黑的时候，二人回到了家。

二爷一头扎到炕上，四仰八叉地躺着，嘴里一个劲儿地喊累。王大燕上炕，踢了二爷一脚："起来，睡觉。"

王大燕铺好被，二爷迅速扒下衣服，钻进被窝。王大燕看着二爷，吹灭了油灯，一下子钻进了二爷的被窝。

二爷一惊："你嘎哈？"

王大燕麻溜地用手捂住二爷的嘴："咋呼啥？"然后轻声地问，"你是老爷们儿不？"

二爷点点头。

"我看你不是。"王大燕拿开手，"想当真正的老爷们儿吗？说，想不想？"

二爷有点儿发蒙，看着王大燕喘着粗气，胸脯一鼓一鼓的，哆哆嗦嗦地问："你咋的了？到底要嘎哈呀？"

"嘎哈？你说嘎哈？我今儿个就让你真正地当上老爷们儿！"说完，王大燕猛地一翻身，骑到了二爷身上……

转眼之间，王大燕和二爷结婚一年多了。王大燕能干，里里外外紧着张罗，渐渐地，她取代了太爷，成了老于家的一把手。太爷心里高兴，二爷也成天美滋滋的，一下子像长大了不少。

二爷家的房子只有两间，年头也久了，王大燕就张罗着盖个三间房。木头不缺，大青山里有的是。墙就用垡子做，大青山脚下的套子（沼泽地）里一挖就是一块。王大燕领着二爷，趁着劳动的空闲时间，就去挖垡子。攒了几个月，终于可以盖房子了。

王大燕挑了一个黄道吉日，请来的木匠四角吊线，抄好水平，喊了句开工，来帮工的乡亲们就忙活上了。王大燕里里外外地忙活着，走路都带小跑。只过了四五天，新房就上梁了，王大燕点燃鞭炮，清脆的响声、飘飞的炮仗碎屑，让王大燕家立时热闹起来。

上梁是农村盖房子的一个重要环节，主人家都要置办酒席，乡亲们随点儿礼，以示庆贺。王大燕在这天的中午做了不少菜，要吃饭时，四太爷晃晃荡荡地走来了。

二爷有点儿不乐意，嘟囔一句："干活看不着你，吃饭倒是落不下！"

四太爷装作没听见，干笑一声，抄起个板凳坐在桌旁，抓起筷子夹起一口菜塞进嘴里，然后端起酒碗没话找话："我说，这房子盖得板正，嗯，的确不赖！"见没人搭茬，便闷头喝起酒来。

中午的阳光暖洋洋地洒落下来，照得房梁上拴的红布条格外鲜艳。乡亲们喝着酒说着话，一时间，王大燕家洋溢着欢快喜庆的气氛……

又过了几天，一幢新房落成了。这天，一个年轻的妇女端着一小碗麻油来到王大燕房前，打量一下新房，露出艳羡的神色，自言自语道："啧啧，这房子盖得漂亮，大燕子真挺能耐！"

屋内，二爷的几个弟弟在炕上玩耍。一个喊："二嫂，馒头啥时候熟啊？饿死了。"三爷说："没好呢，好了二嫂就招呼我们了，正好还能多玩一会儿。"

王大燕腆着肚子，正在打扫灶坑前的柴火，听屋里哥儿几个说话，一边忙乎一边喊道："咋呼啥？都消停地等着，好了还不给你们吃呀！"

二爷的几个弟弟伸伸舌头，偷着笑了。

年轻妇女端着一小碗麻油开门进来，随手将装油的碗放到锅台上："嫂子，借你的油连油带碗都还回来了，没啥事我回去了。"说完，转身往外走。

王大燕低头扫了一眼油碗，不乐意了："凤珍，你等会儿！"

被称作凤珍的年轻妇女回过头："咋的嫂子，还有别的事呀？"

王大燕这回连凤珍都不叫了："我说柱子媳妇，不对劲吧？"

"咋不对劲了？"

"油呗。这咋还差一韭菜叶呢？"

王大燕话音刚落，凤珍的脸立刻撂了下来："嫂子，你可真拿得出。行，我给一滴不差地添上，真是个把家虎！"说完，推门走了，门都没给关。

望着远去的凤珍，王大燕憋不住乐了："嘁，占便宜也不看看我是谁，小样！"

凤珍前脚刚走，远处大街上走来了四太爷。他抄着手四处张望着，舌头舔着嘴唇子，看着王大燕家烟囱冒着烟，面露喜色，边走边唱起了蹦蹦戏——

提起那宋老三

两口子卖大烟

一辈子无有儿

生了个女儿赛婵娟哪

......

四太爷边走边哼哼，来到了王大燕家。隔着窗户，王大燕看见四太爷进了自家的院子，略一沉吟，眼珠子一转，马上露出一丝微笑，迅速抽身回来。热气中，王大燕揭开锅，又迅速盖好锅盖。这时，四太爷笑吟吟地走了进来。他吸吸鼻翼："大燕子，老远就闻到香味了，整啥好嚼货（吃的）了？"

"鼻子挺灵啊，没吃吧？"

"可不是咋的。"

"那正好，就在这吃吧。"王大燕掀开了锅盖。

四太爷听王大燕这般说，有点儿愣神，他没想到王大燕今天这样敞亮，旋即面露喜色，但马上又皱起了眉头。热气缭绕过后，锅里帘子上面是几个黑黢黢的馊菜团子。

四太爷尴尬地摇摇头，盯着王大燕，看了半天，咽了口唾沫："咋整的，闻邪了？"说完，讪讪地走出门去。

王大燕将装菜团子的盖帘端起，底下露出白面馒头。她故意大声地说道："成天游手好闲，搁哪儿蹭饭，我可不惯这臭毛病！"

正走到院子里的四太爷听到了王大燕的话，身子一颤，面色愠怒。

他迟疑一下，一甩袖子，加快脚步走了。

在街上，生着闷气的四太爷远远看见了回家的太爷，便加快脚步迎了上去。这时太爷也看见了他，便有意躲闪，岔开去，往旁边的一条胡同走去。四太爷边喊边追了上去："哎，哥，躲我呢？我跟你说个事！"

太爷没回头，也没停下脚步，硬邦邦地说道："啥事？"

四太爷撵上二爷，歪着头，挓挲着双手："自打大燕子进了咱们老于家的门，我看连你也六亲不认了。大燕子这把家虎叫得一点儿不屈呀，你得管管了，再这样，还不得过死门子呀！"

太爷停住脚步，面露不悦："他四叔，你凭良心说，大燕子进咱老于家快两年了，过日子是仔细了点儿，可人情哪样也不差呀。你看，马上要添人进口了，这媳妇说着了！"

四太爷没吭声，晃下脑袋，跺下脚，走了。太爷看着远去的四太爷，满意地笑了："嘿嘿，要不是大燕子，还整治不了你哪！"说完，笑眯眯地往家里走去。二爷家一家人围着桌子吃饭，二爷的弟弟们个个狼吞虎咽，王大燕撂下饭筷，脸带笑意看着。二爷端起盘子往王大燕碗里拨菜，王大燕急忙推挡："我吃饱了。"

"啥吃饱？哪次吃好的你都这样。你怀着呢，别怠慢了咱儿子！"正说着，三爷伸筷子把菜抢走了："不吃我吃。"二爷用筷子敲了他脑袋一下："就你能抢，能不能有个样？"三爷边揉脑袋边喊："爸，你瞧二哥，娶了媳妇忘了弟弟，你不管管哪？"太爷没吱声，脸上带着笑。

王大燕一家人正有说有笑地吃着饭，徐大板牙领着收税人神气活现地向王大燕家走来。他们在王大燕家新房前站定，徐大板牙歪着脖子看了看房子，然后一挥手，领着收税人走进了院子。

这时，王大燕从屋里走出来，截住徐大板牙："咋的，又帮虎吃食卖豆包来了？"

徐大板牙端详着王大燕："你这家伙真是女大十八变，结婚还把你结好看了！"说完，咧着嘴笑了起来。

王大燕一瞪眼，没好气地说："狗嘴里吐不出象牙来，有屁快放！"

徐大板牙收住笑容，往王大燕跟前凑了凑："你这房子也盖好了，是不是该交税了？"

王大燕没好气地说道："大青山里兔子多，臭水沟里蚊子多，碾道里老驴屎多，'满洲国'啥也不多——税多！"

"哎我告诉你，你这话可犯毛病。往小了说，是抗税；往大了说，是反满抗日！"徐大板牙边说边撸袖子。

王大燕撇撇嘴，指着徐大板牙："你吓唬谁呀？"

徐大板牙扒拉一下王大燕的手："你今儿把税交上就拉倒，不交就让你吃不了兜着走！"

王大燕说道："你要这样说，我还真没有，你愿意咋的咋的！"

两个人这一吵，几只在墙根觅食的小鸡，咕咕地叫着跑开了。徐大板牙一见，得意地笑了，他对着手下一挥手："抓鸡，没钱就用这个顶。"

话音刚落，几个收税的人跑过去抓鸡。王大燕上去撕扯抓鸡的人。这时，二爷从屋里出来，一把抱住王大燕："胳膊能拧过大腿呀？你还怀着呢，哪头轻哪头重，虎啊？听话！"

二爷好歹劝住了王大燕。

不多时，收税的人好不容易抓住了一只鸡。徐大板牙看着气鼓鼓的王大燕，一龇牙："把家虎，我网开一面，邻里乡亲的，低头不见抬头见，一把毛的玩意儿，你占'国家'便宜了，记着我今儿的情啊！"说完，领着收税人走了。

望着他们远去的背影，王大燕气得咬牙切齿。

徐大板牙抓走了王大燕的小鸡，按说和税比起来，王大燕应该是占便宜了，但王大燕足足心疼了半个月。心疼归心疼，日子还得照样过。

大青山的树经过一个夏天的雨水洗刷，渐渐褪去绿色，在秋风中，所有的树叶都在生命即将结束之前尽情地释放着自己最后的魅力。它们把积蓄了春夏两个季节的能量凝聚成绚烂的色彩，炫耀在枝头。地里的庄稼快要成熟了，在秋阳的照耀下，显得精神头十足。对于农民来说，秋天无疑是最实惠也是最充满希望的季节。

在王大燕家的土豆地里，王大燕抹着脸上的汗水，用三齿挠子在溜土豆。二爷直起腰，擦了擦额头上的汗，看着王大燕隆起的大肚子，露出满意而又心疼的笑容。

中午的时候，二爷赶着骡子车，和王大燕有说有笑地往屯子走。刚进屯子，就听到一阵锣声突然传来，当当震耳。二爷慌忙跳下车，牵着大青骡子，回头对王大燕说："这又是嘎哈的？"王大燕叹了口气："瞅啥？麻溜走吧，能有啥好事！"

屯子的大街上，一个人拎着铜锣边敲边喊："于粉坊屯的村民听好了，马上到小庙前集合，有事宣布！"

于粉坊屯西南原先有个小庙，是清朝同治年间建的，后来毁于一场大火。建筑早已不复存在，只留下一大片青石铺的空地。屯子人有啥事都在这里烧香磕头，祈求神灵保佑，有啥事也在这里聚齐，商议解决的办法。

不多时，村民陆续来到小庙前。这里早就站好了七八个日本兵，还有几个伪满洲国国防军和伪满警察。一个胖翻译转身问徐大板牙："人都到齐了吗？"徐大板牙点头哈腰："齐了齐了，都来了。皇军号令，谁敢不听！"胖翻译点点头，转身对日本小队长山田说了句日本话，山田笑眯眯地说了一声"吆西"，然后故作威严地扫视一下站在他面前显得有些惶恐不安的村民，慢慢摘下白手套，对着徐大板牙一挥手。

徐大板牙有点儿受宠若惊，赶紧弯腰点头："嗨！"然后直起身，摩挲一下头发，清了下嗓子，"于粉坊屯的乡亲们，大日本皇军决心让我们'满洲帝国'的臣民过上极乐太平的日子，建立'大东亚共荣圈'，不让咱们资源浪费，特地从大日本国内派来开拓团……"

他的话还没有说完，村民一阵骚乱。有人高喊："开拓团是嘎哈的？"

山田脸上的肌肉抽动几下，眼露凶光。日本兵煞有介事地用枪指着村民，晃了晃。徐大板牙绷住脸："嘎啥的，你也管不着。告诉你们，识相点儿，否则以通抗联罪论处！都消停的，听我把话讲完！"

村民渐渐安静下来，相互看看，脸上挂着疑惑和不满的神色。

场面控制住了，徐大板牙有些得意，他咳嗽一下，故意提高了嗓音："开拓团帮助大家种地，你们要把土地卖给开拓团，价格好商量！"

徐大板牙的话音未落，村民们就炸锅了。他们心里明镜似的，日本人这是明摆着要霸占他们的土地。大伙高呼："不中，我们不卖地！""'满洲国'还有没有王法了？"

山田骂了一句，一挥手，日本兵纷纷拉枪栓，瞄准了村民，伪满洲国警察上前来推搡群众，现场开始混乱。山田恼羞成怒，掏枪对空放了一枪。凄厉的枪声格外震耳，群众逐渐停止了反抗。

山田阴沉着脸在人群前来回走了两趟，在一个老头面前站住。他用手一指老头："你的，出来！"

老头名叫魏延林，今年六十五岁。魏延林迟疑了一下，慢慢走出队列。

山田歪头盯着魏延林，阴笑着说道："你的，同意？"

魏延林坚定地摇了摇头。

山田抽出军刀，抵在魏延林胸前："你的，同意？"

魏延林依旧不答话，从腰里摘下烟袋，叼在嘴上，轻蔑地瞅着山田。山田恼羞成怒："八嘎。"边骂边用刀一点一点地扎进魏延林的胸膛。

魏延林从嘴里慢慢拿下烟袋，突然使劲地呸了山田一口。山田狞笑一声，用力将刀刺进魏延林的心脏，鲜血从刀刃处慢慢淌出。魏延林怒瞪双眼，大骂一声"王八犊子"，倒地身亡。

看着魏延林惨死在日本人的刀下，村民们愤怒了，他们大声地喊着、叫着。这愤怒的喊声让山田心惊肉跳，虽然站在他面前的是一群手无寸铁的农民，但他不知道接下来会发生什么。他挥舞着带血的刺刀，发出一阵　人的号叫。在村民的眼里，山田分明就是一头饿狼。

村民的喊声越来越高，不少人开始往前拥。山田大怒，他拔出手枪，对着走在前面的王二柱子开了一枪，王二柱子中弹倒地。伪满警察们纷纷拥上来，挥舞着警棍殴打村民。日本兵也持枪而上。

村民开始四散逃跑。

混乱中，王大燕被一个日本兵挥动枪托打倒在地，随后用脚猛踹肚子。王大燕惨叫一声昏死过去，一股鲜血从裤腿慢慢渗出。二爷不顾一切地扑了上去，抱起王大燕就跑。太爷在后面大哭："我的孙子呀！"

于粉坊屯陷入人间地狱。日本兵、伪满警察到各家砸窗户、抢东西，一时间鸡飞狗跳。

山田得意地看着这一切，然后对着翻译一挥手，翻译点点头，和徐大板牙耳语一句。徐大板牙阴险一笑，指挥几个日本兵把屯子头的几家房子点着了。

火光中，山田、徐大板牙、日本兵露出狰狞的笑容……

太阳渐渐落山了，暮色渐起，惨遭涂炭的村庄慢慢融入一片昏黄之中。没两天，日本开拓团的男女老少坐着卡车耀武扬威地开进了于粉坊屯。四太爷远远地站着，瞄着开拓团，满脸的艳羡，眯着眼睛嘀咕道："这车带劲儿，日本人的娘儿们长得不赖呀！"

这是一个漆黑的深夜，绥化县城一片黑暗，伪满洲国的县医院只有一间窗户里透出点点昏黄的光亮。抗联十二支队侦察员孙大刚和唐玉斌在黑暗中大步走来，他们来到县医院的墙根底下，观察一下四周的情况，便迅速翻墙跳进院内。

医院亮灯的房间里，值班的一个中国医生正趴在桌子上睡觉。孙大刚和唐玉斌蹑足潜踪，快速移至房门前，轻轻地推开门，闪身进入屋内。值班医生猛然惊醒，呼地站起身，刚要喊叫，孙大刚上前一步一手捂住他的嘴，一手用刀抵住他："别出声，药，枪伤药！"

值班医生浑身颤抖，用手指着靠墙的药架子。孙大刚从腰里拽下布口袋，一手抖开，用刀抵住他的手稍微一用力："快点儿，往里装！"

值班医生一个劲儿地点头，开始哆哆嗦嗦地装药。

孙大刚低声催促道："不管啥，都装，快点儿！"

片刻，值班医生结结巴巴地说："就这些了。"

孙大刚迅速撤回抵住他的刀，反手用刀把将他击昏。值班大夫连叫都没叫，像一个倒空了的麻袋慢慢瘫倒在地。孙大刚背起装药的袋子，迅速出门。就在这个时候，走廊旁边的门突然打开了，一个日本人穿着睡衣走了出来。他猛然见到孙大刚二人，大吃一惊，本能地问道："什么的干活？"

没想到半路杀出个程咬金，孙大刚来不及细想，迅速将手中的刀掷出，刀带着风声径直刺向了日本人。

这个日本人名叫山本，是这家医院的副院长。见刀子向他飞来，他一点儿也没惊慌，同时闪身，灵巧地躲过刀子，紧接着一个空翻，到孙大刚面前，迅疾起身，挥拳便打。

孙大刚倒吸了一口凉气：好家伙，练家子，也摆拳相迎。虽然孙大刚从小也练过几天拳脚，但和山本比起来，就显得业余了。

山本是个柔道高手，刚一交手，孙大刚就被摔到一边。山本狞笑着，露出不屑的目光，拉开架势，伸出一只手连连往回勾，做出接着来的手势，玩起了猫戏老鼠。

孙大刚翻身站起，手里已是短枪在握，心想：没工夫逗你玩！抬手一枪，将山本打倒在地。

这时候，屋内被孙大刚击昏的中国医生已经苏醒，正龇牙咧嘴地摇晃着脑袋，猛然听到走廊枪响，便一跃而起，跑到窗边，推开窗户跳了出去，接着大喊："不好了，不好了，抢劫了，杀人了！"

枪声响起，在寂静的夜里格外响亮。

日本关东军驻绥化宪兵队。一个号兵瞪着眼珠子、鼓着腮帮子吹着紧急集合号。日本宪兵迅速列队，跑出院外。枪声传来，警笛响起，伪满警察杂沓纷至，衣着不整，警帽歪斜，懒散地跑向门外。

枪声传来，挂着枪杆子斜倚在城墙上的伪满国国防军守城兵士猛然激灵一下，忙端枪四处警觉地张望。

孙大刚背着小半袋子药，和唐玉斌沿街急速奔跑，来到一座宅子的院墙外，毫不犹豫地跳了进去。不多时，一阵杂沓的脚步声传来，一队日本宪兵从远处跑来，从墙外跑过，消失在夜色里。孙大刚他们跳入的院子叫"源升米号"，米店没有亮灯。孙大刚二人轻车熟路地跑到房门前面时，门被人从里面推开，一个人探出头来。

孙大刚小声地叫了一声："舅。"

"别说话。"

开门的是这家米店的老板黄万全。他把二人迎进去，向外望了一下，随即轻轻关上门。

黄万全他们进入了一间仓库，将摞在一起的米袋搬走后，孙大刚弯腰掀起一块地板，露出了一个暗道口。唐玉斌对着孙大刚点点头，迅速下到地下室。孙大刚和黄万全盖上地板，又挪回米袋，按照原样压在地板上。

鬼子和伪满警察也挨家挨户地搜寻到了第二天早上，但依旧没有找到抢药品的人。日本宪兵队长龟田大尉很是恼火，他大声地训斥着站在他面前的山田："这起抢药事件绝不是偶然的，抗联的干活！一定要抓住他们！北满就要进入冬天了，抗联缺医少药，我们一定要把他们困死在山上！"

山田低头大声地回答："嗨！"

龟田大尉来回踱了几步，然后转回身，对着山田说道："我们现在占领了满洲，你以为战争到此结束了吗？不，这和内阁的战略构想差得太远了，为了大和民族的利益，我们有更大的目标。据我们关东军情报机关获悉，共产党在满洲加紧了反日活动。我的判断，共产党将是我们最可怕的对手！所以，现在就要消灭抗联。"

"嗨！"

"另外，关东军开拓团的计划，不能忽视。我们不但要军事占领满洲，还要文化占领、经济占领。你的，要动头脑。中国人讲究恩威并施，你的明白？"

"嗨，我的明白，恩威并施的有！"

于粉坊屯，小庙空场上，几个马车的车铺板并在一起，算是唱蹦蹦戏的舞台。两个大铁碗里放着浸透洋油的棉花，点着火，把漆黑的夜空照得通亮。过去人们都把柴油叫作洋油，凡是舶来品，沾点儿新奇的东西都冠以"洋"字。

那时屯子要有个唱戏的，那是老百姓的头等娱乐大事，于是，小庙前聚集了于粉坊屯大部分人。日本开拓团的人也来凑热闹，他们趾高气扬地坐在看戏的中间位置。

徐大板牙和山田，还有两个日本兵、几个伪满警察站在舞台旁边，看着一个个喜气洋洋的村民，从心里有些鄙夷：这帮穷鬼，真是叫花子放炮仗——穷欢乐呀！

演员化好装，一阵锣鼓点儿响起，徐大板牙走到舞台上，他有些得意，不免眉飞色舞："大日本皇军为了日满友好，特意请了蹦蹦戏慰问大伙。今后，大家要和大日本开拓团和平友好地相处，那样，好处是大大的！"说完，他对着戏班子老板一甩头，"开演吧，整点儿荤的啊！"

戏班子老板一哈腰，回身摆手。随着锣鼓唢呐的响起，

一对男女演员走上台：

　　女：一轮明月照西厢
　　男：二八佳人巧梳妆
　　女：三请张生来赴宴
　　男：四顾无人跳粉墙
　　女：五更夫人知道了
　　男：六花板拷打莺莺审问红娘——

　　屯里，蹦蹦戏唱得热热闹闹；屯外，山道上飘忽着几个黑影。夜色中，土匪贺黑子捂着胳膊上的伤口，猛地停住脚步，竖起耳朵听了一会儿，说道："有唱戏的动静。"土匪五赖子歪着头附和道："嗯，是唱戏，别说，这个屯子的人活得还挺滋润。"

　　贺黑子眨巴一下眼睛，点点头，又叹了口气："今儿活该爷倒霉，十来个人硬没干过孔百万，还叫人打散了。进屯找一家弄点儿钱，要不治伤都没钱！"说完，他一咧嘴。他胳膊挨了一洋炮的散沙，挂了彩。几个人见头儿发了话，立刻来了精神头，向屯子奔去。

　　戏台旁，徐大板牙的眼里放着光，向看戏的人群里仔细地搜寻着，终于看到了二爷一家。徐大板牙瞪着眼珠子盯了半天，确信没看到王大燕，脸上露出了得意的淫笑，掉头走了，消失在夜色中。

色胆包天的徐大板牙，悄悄地溜进了王大燕的家。

王大燕也想看戏，但她身子正在恢复中，又担心家里的东西，就留下来看家，这会儿正在炕上纳鞋底呢，见有人进来，以为是二爷回来了，便问："二林子吗？咋不看了？"

走进屋内的徐大板牙不怀好意地笑了："大燕子，咋没看戏呀？"

见是徐大板牙，王大燕放下鞋底，但手里依然紧紧地攥着锥子，她警觉地直起身："有点儿难受，咋的，我愿去就去，你管得有点儿太宽了吧？"

油灯不亮，柔和的灯光朦朦胧胧，显得王大燕越发好看。徐大板牙咽了口唾沫，嬉皮笑脸地说道："难受？哈哈，哪难受呀？我帮你治治呀！"说完，猛地扑了过去，抓住王大燕攥着锥子的手。

王大燕大骂一声，和他撕扯起来。

就在王大燕和徐大板牙撕扯的时候，贺黑子他们走到了王大燕的房前。五赖子说："大哥，这家门头挺大。"

"进去，麻溜的。"说完，他让两个土匪把风。两个土匪点头，一个隐藏在窗前的暗处，一个出了大门外。

徐大板牙正在兴头上，突然听到有人说话，猛地回过头来，一瞪眼珠子："你谁呀？敢坏老子的好事！"

五赖子用枪顶住了徐大板牙的脑门："有种你再说一句

试试。"

徐大板牙的心一下子凉了半截，知道坏事了，来人不是抗联就是胡子，哪头他也惹不起呀，连忙讨好地说道："不知您是哪路好汉，我有眼无珠，您是我老子，您是我老子！"

五赖子一晃脑袋："没说的，点（杀）了！"

徐大板牙一听，脸当时就变色了，连忙跪倒在地上，一个劲儿地磕头作揖："好汉饶命，好汉饶命啊，我还有八十岁老母啊！"

贺黑子看着徐大板牙这德行，忍不住笑了："哎呀，没看出来，这还是个孝子呢。"

徐大板牙抬起头，起誓发愿："好汉爷，我说的是真的，我不敢撒谎，我要撒谎，天打五雷轰！"

贺黑子收住笑容，眼珠子一瞪："你早就应该天打五雷轰。看你也没把这个平头子（妇女）怎么着，爷就做一回好人！"

徐大板牙连连叩头："谢了爷谢了爷，以后在这片有事尽管吱声，我一定给您牵马坠蹬，伺候明白的！"

屋内，五赖子看着王大燕："咋的，滴水之恩，当涌泉相报。今儿我们哥几个点背，到你这儿一亩三分地了，你总得表示一下吧？"

王大燕往后挪了一步，有点紧张："咋表示？"

五赖子一笑："别误会，都这时候了，我们还没啃富（吃饭），什么翻张子（烙饼）、飘洋子（饺子）、挑龙（面条）都行，实在不行，星星散（小米饭）也凑合。"

王大燕悬着的心稍稍落了地，她面带微笑地说道："我知道你们是吃横霸的（胡子），得亏你们了，先谢了。可话说回来，咱们有过交情。"

贺黑子有点儿不解："交情？"

王大燕用手一指五赖子："我认得你，脸上这青记抹不掉。大青山十步拐那儿，我回门那天，你想想，这可有几年了。"

五赖子仔细瞅了一眼王大燕，猛地一拍脑袋："啊，想起来了，我说一进屋咋觉得那么面熟呢。"然后回头对贺黑子提起了劫道遇到孙大刚那回的事。

贺黑子看了看王大燕，哈哈一笑："没想到，进了个活窑（有交情的人家）！"

王大燕转身回到外屋，拿出来苞米面大饼子，贺黑子、五赖子也不客气，狼吞虎咽地吃上了。没吃两口，就听到外面放哨的人敲窗户："风紧，扯呼（有情况，马上撤）！"贺黑子、五赖子把剩下的大饼子揣进怀里，跑出屋外。

原来，徐大板牙逃出屋后，龇牙咧嘴地跑回唱戏的现场，捂着耳朵气喘吁吁地对山田说："太君，快快，有抗联的！"

山田看着徐大板牙满脸是血，急忙拔出枪，喊道："开路！"话音刚落，一群人乱哄哄地跑出戏场。

看戏的人见状，也纷纷站起身，跟着跑了出去。演员也不唱了，现场一片混乱。徐大板牙带人跑到王大燕家大门前，用手一指房子："就这儿，在屋里。"山田一挥手，日本兵、伪满警察呈搜索队形进入了王大燕家的院子。半天，他们见没有动静，直起腰，大胆地闯进屋内。

跟着看热闹的二爷见徐大板牙把人领到了自己家，心里咯噔一下，赶紧挤到院子里，心神不宁地张望着。

王大燕一见徐大板牙等人闯了进来，有些惊慌，但马上镇定下来。

徐大板牙气势汹汹地问："人呢？"

王大燕没好气地答道："瞎呀？这不在这儿杵着吗？"

"没说你，那两个抗联呢？"徐大板牙不见贺黑子和五赖子，有点儿气急败坏。

王大燕咯咯一乐："大半夜的，不知道你扯些啥，做梦说胡话吧？"

徐大板牙往前凑一步，抬手指了指伤处，龇牙咧嘴地说道："大燕子，你别打马虎眼，这就是铁证！"

"你胡说！要有抗联的，我还会变戏法变没了咋的？不信你们自己找呗！"说完，王大燕狠狠瞪了徐大板牙一眼，扭身坐到了炕沿上。

山田一挥手，日本兵和伪满警察便屋里屋外地乱翻一通，连个人影也没看到。

徐大板牙见状，指着王大燕，着急地叫喊道："太君，她通共通匪，不能饶了她！"

山田眨巴几下眼睛，脸上浮现一丝阴险的笑意，一挥手："带走！"两个伪满警察走上前，伸手去拽王大燕。这时候，就听有人一声断喝："慢着！"随着喊声，二爷从门口闯进来。

"咋的，你要造反呢？别说枪子不长眼睛！"徐大板牙对着二爷吼道。

二爷没搭理他，看了王大燕一眼，然后对山田一点头："长官，我老婆正生病呢，有啥事我跟你们去！"

王大燕喊道："当家的！"二爷回头意味深长地瞪了王大燕一眼，跟着徐大板牙他们往外走。这时，太爷堵住门口，央求道："官爷，饶了我们家二林子吧！太君，我们可都是良民呢！"

"上一边去！"徐大板牙使劲地推了一下太爷。二爷被带走了，围观的乡亲们纷纷摇头叹息。

远处黑暗里，猫在一棵大榆树后面的贺黑子他们站起身来。五赖子吐了吐舌头："好悬，今儿咋这么点背呢？"

"我还就不信了。你没听那平头子说开拓团吗？咱们就砸这个窑！"

五赖子一听，立马表示赞同："中，听大哥的，冲冲晦气！"

夜色中，贺黑子他们几个人来到开拓团的房子外。正在观察动静，突然从墙上跳出来一个人，贺黑子他们急忙趴到地上。

跳出的这个人是四太爷。他趁着屯子演戏，潜入开拓团的住家偷东西来了。开拓团没想到有人敢在老虎嘴上薅毛，一点儿戒备也没有，让四太爷整了不少现金和首饰，还有一块洋表。四太爷心里得意：嘿嘿，日本鬼子真有油水呀，这回，大白梨不能给我吊脸子了。

四太爷向远处快步跑去，很快消失在夜色中。

贺黑子他们摸进的这家开拓团夫妻大约三十岁。长夜漫漫，男人来了兴致，他扳过女人的脸，女人半睁着眼，故作娇羞，假意推挡，说了句日本话。男人满脸兴奋，也说句日本话，边说边要翻身趴到女人身上，猛然听到异样的响动，一愣神，接着伸手迅速摸出枕头底下的手枪。女人害怕了，缩进了被窝里。

五赖子悄悄开门，闪身进来。日本男人大骂了一句，抬手一枪。五赖子肩头中弹，哎呀一声。贺黑子没想到开拓团竟然有枪，招呼一声："扯呼（快撤）！"拽过五赖子，举起土枪对着屋里放了一枪。几个人马上跑出了院外。

五赖子捂着肩膀，边跑边说："这啥开拓团？咋还有喷子（枪）呢？还挺直溜（枪法好）！"

贺黑子说道："日本人歹毒啊，开拓团就是隐藏的兵啊！"

这时，开拓团那边一阵大乱，传来一阵叫声。贺黑子他们再也顾不上说话，加快脚步，很快消失在夜色之中……

经过这一宿的折腾，于粉坊屯总算归于平静，此时正静静地沉浸在一片鼾声之中。大青山在黎明到来前，也沉默不语。在它的怀里，王大燕头上缠着粗布围巾，快步走在山道上……

黎明的曙色把于粉坊屯唤醒，家家烟囱冒出了青烟，有气无力地弥漫着。

太爷赶着二马车，使劲地抽打着大青骡子，向王大燕的老家奔去。

这天早上，天没亮，太爷就起来了。见王大燕屋里没动静，便把三爷从被窝里薅出来，让他去王大燕的房间看看咋回事。结果三爷告诉太爷，王大燕的屋里没人。太爷慌了神，就去亲家那儿找，他猜想，王大燕可能回家找她爹去了，毕竟一个女人的主心骨除了丈夫，也就是自己的亲爹了。结果，太爷赶着车跑了一个时辰，见到太姥爷的时候，两个人都蒙了，王大燕压根就没回来。一个女人，大半夜的能上哪去呢？琢磨了半天，两个人都觉得王大燕十有八九是去了绥化，因为二爷被带那去了。

太姥爷让太爷回家，他要自己去绥化，他说他一个人，跳井不挂下巴，太爷不一样，家里扔不下啊。太爷摇头，他说王大燕嫁给老于家了，生是老于家人，死是老于家鬼，这节骨眼儿，他咋能在家眯着？再说去绥化来回也就是百八十里地的路程，也不是多远。于是，喂了大青骡子半捆草后，两个人就急匆匆地向绥化县城去……

自从二爷被抓走，王大燕就没睡着。她知道二爷这一去肯定没有什么好果子吃，她不能在家眼巴巴地干等着。她想到了孙大刚，大刚在绥化源升米号呀，听说他舅舅路子宽，有点办事能力。眼下只有这条路可走了。于是，悄悄出了屋，她怕太爷知道了肯定不能让她一个女人去冒这个风险。

接近中午的时候，王大燕走进了绥化县城，找到了源升米号，径自走了进去。

黄万全看见王大燕进来，还以为是买米的，便热情地上前打招呼，问王大燕买啥。王大燕正要回答，孙大刚从里屋走了出来，惊喜地叫了一声大燕子。王大燕一见孙大刚，眼泪唰地流了下来。她把事情的前后一说，孙大刚一拍大腿，说这不叫人活了。

黄万全拍了拍孙大刚："说话注意点儿！"然后劝王大燕别着急上火，说他在警务局里有熟人，一会儿去打听打听，看看把二林子整哪去了。

黄万全特地准备了两瓶"高贤老酒"，来到了警务局门口。门岗和他打招呼，黄万全走上前，掏出"协和牌"香烟，递给他："找下郑警长。"然后慢悠悠地走进了警务局。

没多长时间黄万全回到米店，对王大燕说："打听出来了，郑警长说，日本人着急修飞机场，到处抓人哪，二林子一来都没过堂，直接就送工地去了。"

听说二爷没事，王大燕长出了一口气："活着就好啊。在哪修飞机场呢？"

"跟前，离城也就几里地。"

孙大刚瞅着黄万全："咋想招儿把他整出来呢？"

黄万全挠了挠脑袋："不太容易呀，那里正缺人手啊。郑警长说，日本鬼子还得找茬抓人呢。"

孙大刚低头思索一会儿，抬脸看着王大燕："再难也得救啊，不然早晚得死里头！"

"就是得救，可得想个法子，来，咱们合计合计吧。"

绥化县城的大门口，一群人围着一个身穿西装的人，穿西装的人正卖力地吆喝着："打灯笼都找不着的好差事啊。修飞机场，动动锹镐，也不累，半大小子就能干，一天三顿雪花大馒头，工钱两块，报名的抓紧，名额要满了啊，抓紧，过这个村可就没这个店了！"

围观的人们听着优厚的条件，都有些心动。有几个人到报名处打听情况，报名处的桌子旁，一个戴眼镜的账房先生用毛笔记名，一个人在给报名的人发钱，一边发钱一边鼓动着："上哪找这好事去，没干活呢就先捞着钱了。"

穿西装的人瞅着围观的人，大声喊着："我可有言在先，赶快报名，一会儿人够了就收摊了，托人都不赶趟了，赶快报名啊！"

话音一落，正犹豫的人也争着抢着报名了。发钱的人煞有介事地喊道："别挤别挤，排好队，一个一个地来！"

天黑的时候，一辆卡车拉着站在车厢上被骗来的民工，向飞机场的工地驶去……

源升米店内，黄万全、孙大刚正在吃晚饭，一个日本军曹领着两个伪满国防军和警察走了进来。黄万全急忙站起来打着招呼。伪满警察说皇军修飞机场用粮食，黄万全点头哈腰，说："谢谢您哪，照顾我这小本生意。"警察一笑："皇军着急，你抓紧把货备好喽，明天早上送去。"

黄万全连连点头："好咧，您放心吧，保证不会误事！"

临走时，伪满警察拍了一下孙大刚："这小子体格挺棒啊，修飞机场得了。"说完，一干人走出了米店。黄万全冲着他们的背影呸了一声。

绥化县城北门，两个伪满国防军正要关闭城门，太爷赶着二马车来到城门。"吁——"太爷勒住缰绳，大声喊道，"老总老总，通融一下！"

伪满国防军有点儿不耐烦："找事！哪来的？天都黑了，进城嘎哈？"

太爷急忙作揖："老总，于粉坊屯的，闺女捎信来说得了急病，您老行行好，放我们进去吧！"

伪满国防军瞅了瞅太爷他们，点点头。太爷上了车，赶着大青骡子进了城门。伪满国防军对着旁边的两个伪满警察一甩头，两个警察会意，尾随而去。太爷和太姥爷牵着大青骡子走在街道上，看着两边景色，很新奇。毕竟他们难得进县城一回，感觉啥都新鲜。

太爷头也没回，问太姥爷："亲家，你来过吗？"

"来过一趟，那还是袁大总统登基那阵呢。"

两个人边走边唠嗑，两个伪满警察从后面撵上，大声喊着："站住，说你呢，赶骡子车的！"

太爷一惊，急忙拽住大青骡子，跳下车，心神不宁地站在原地。

伪满警察走了过来，乜斜着眼睛，神气活现地问道："哪的呀？"

太爷赔着笑脸，小心地回答着："老总，刚才在城门口检查过了。"

"检查过了？瞅你俩这鬼头鬼脑的样儿，是不是抗联的探子呀？"

太姥爷一听警察这么说，脸色一下子就变色了："哎呀老总，这可是掉脑袋的事，我们可是正经八百种地的呀！"

"正经八百？"

另一个警察有些不耐烦："跟他磨叽啥？告诉你们，车被皇军征用了，你俩，也是！"

太爷急了："啥玩意儿？征用？征啥用？"

"修飞机场。痛快的，别找不自在，敬酒不吃吃罚酒！"

说完，两个警察用枪指着太爷和太姥爷……

第二天一大早，前一晚来的日本军曹和伪满警察就来到了源升米店，孙大刚和唐玉斌正往车上装粮食呢。黄万全拿着账本，对扛着袋子走过来的孙大刚低声地说道："别忘了药！"孙大刚使劲地点点头。

粮车装完刚要走，王大燕从屋里快步走出来。她脸上抹着锅底灰，头发也剪短了，一身男人的打扮。

黄万全从屋里撵出来，着急地喊道："哎哎，你嘎哈去？"

孙大刚从车上跳下来，连连摆手："你快回去，一个哑巴跟着凑什么热闹！"

王大燕佯装听不见，一步一步地走向粮车。伪满警察一见，乐了，过来拽住孙大刚："别拦着，别拦着，让他去吧，当溜达了！"

孙大刚无奈地摇摇头，盯着正在上车的王大燕，轻轻地叹了口气……

绥化县城北，一大片荒地里，一群穿戴破烂、蓬头垢面的劳工在持枪的日本兵和监工的监视下，有的在挖沟，有的在搬运石头。二爷就在这群人里。

一个上了年纪的劳工一阵咳嗽，动作迟缓。监工走上来，不容分说，举鞭子就抽："偷懒哪？我看你是活腻了！"

二爷伸手挡住监工，央求道："咱们都是中国人哪，行行好吧！"

监工正要发作，一个日本兵端着三八大盖走过来，厉声地喝道："快！"

二爷急忙扶起劳工，对着日本兵点头哈腰："太君，我们快快的，快快的！"

监工和日本兵骂骂咧咧地走开了。

唐玉斌赶着粮车，来到工地的厨房。几个人开始往屋里卸粮食，完事后，伪满警察拦住唐玉斌和王大燕："行了，你俩也别走了，干活去吧！"

唐玉斌假装不懂："还嘎哈？"

伪满警察脖子一梗："你说呢？走，赶紧上工地！"

孙大刚走了过来："哎老总，只说送粮食，没说修机场啊！"

伪满警察看了一眼孙大刚，不耐烦地挥了挥手："一边去，再 瑟，连你也去！"孙大刚急忙退后，嘟囔一句："没地说理去！"唐玉斌显得极不情愿，和王大燕慢吞吞地跟着警察走了。

日本军曹看着他们远去的背影，得意地笑了。

王大燕和唐玉斌来到工地上，开始干活。

太阳渐渐偏西，暮色渐起。一声哨响，监工大喊"收工了"，劳工们如释重负，拿着锹镐，排队到厨房外等着吃饭。

厨房外的空地上支着一口大铁锅。做饭师傅给劳工盛白菜汤，发窝窝头。王大燕站在队伍里，探头寻找二爷。领完饭菜的劳工三三两两地蹲在空地上，狼吞虎咽地吃着。王大燕警觉地看看四周，慢慢走到二爷身边蹲下，用手轻轻推了一下二爷。

二爷回过头："嘎哈？有事啊？"王大燕往前挪了一下身子，一瞪眼、一龇牙。二爷仔细一瞅，倒吸一口凉气，跌坐在地上，刚要出声，王大燕伸手，迅速制止了他。

这时，一辆卡车开来，十余名被抓的劳工被赶下车。王大燕和二爷在远处不由自主地抬头望着。太爷和太姥爷就在这些人里，但二爷和王大燕都没有发现自己的父亲。一个是因为距离远，另一个是天黑的缘故。

夜色笼罩工地。工棚里，人们开始睡觉。外面，一个警戒的日兵在巡逻。王大燕、二爷、唐玉斌躺在木板铺上睁着眼睛，支棱着耳朵听着外面的动静。

王大燕、二爷和唐玉斌带着劳工从工棚里跑出。虽然他们来到工地只是一个晚上，但把逃跑的想法一说，大伙都赞同。跑也是死，不跑也是死，跑还能有一线生机。

日本人没料到劳工会炸营，愣了半天才醒过神来，急忙开枪。接着，一队日本兵追了过来。

奔跑中，王大燕大声地喊道："大伙快散开跑，跑出一个是一个！"人们一听，便四下散开，在夜色中猛跑。枪声中，有的劳工中弹扑倒在地。

夜色中，劳工们逐渐跑远。紧追不舍的日本人在后面哇哇喊叫，子弹在黑夜中擦出一道道火线，流星一般。这时，一辆马车疾驰而来。孙大刚跳下车，拽住马，大喊："快上车！"跑到跟前的王大燕和二爷等几个人上了车。孙大刚纵身上车，这时，一颗子弹飞来，击中了他的肩部。王大燕扶住孙大刚，交给二爷，自己快速坐到赶车的位置。这时，日本兵追了上来。唐玉斌拿着铁锨照着马背拍了一下："驾！"马拉着几个人向前狂奔。唐玉斌猫腰蹲下，追来的日本兵赶到。夜色中，唐玉斌纵身跃起，只听得日本兵发出猪一样的惨叫。接着，密集的枪声传来，唐玉斌摇晃了几下，倒在漆黑的夜色中。日本追兵叫骂着，对着马车远去的方向连连打枪……

马车向前狂奔，孙大刚躺在二爷怀里昏了过去。二爷着急地对赶着马车的王大燕说道："他昏过去了！"

王大燕没回头，只是问了一句话："我说，前面是方台子吧？"车上一个劳工答应一声"嗯哪"，王大燕大声喊了一声，"驾！"

天刚蒙蒙亮，王大燕他们来到了方台子镇。王大燕拽住缰绳，跳下车，一回身，见车上的劳工不见了，便问二爷："人呢？"二爷说："他们刚才都跳车跑了。"王大燕苦笑一下，啥也没说。也是，谁不奔家呀？"走，咱俩去！"王大燕说完，吆喝一声，赶车奔向方台子镇。

方台子镇医院，二爷背着孙大刚和王大燕闯进来。屋里，大夫正在睡觉，听见动静，站起身来："哎哎，咋不敲门？"

王大燕焦急地说道："没工夫了大夫，快给瞧瞧，这人行不行了？"边说边和二爷将孙大刚撂在了床上。

大夫揉着眼睛走到孙大刚面前，低头一看，猛然一惊，警惕地看了一下四周："这咋整的呢？"

王大燕赶紧接过话茬："干活碰的，求求你快想法子啊！"

大夫回过头，瞅瞅王大燕，使劲地摇了摇头，满脸不高兴："你当我是三岁小孩呀？这是枪伤，治这病得有警察署证明！你想让我进大狱呀？"

王大燕脑瓜门上沁出了汗珠，她不知道如何是好了。突然，王大燕看见旁边桌子上放着一把手术刀，一步跨过去，一把抓在手里，眼睛瞪得溜圆。

大夫吃惊地看着王大燕："你……你要嘎哈？"

"你说嘎哈？告诉你，这是我哥，他是嘎啥的我就不说了。你痛快的，不然，别说我，就是我哥的人也饶不了你！你赶快想办法救他，要不我现在就废了你！咋的，等我动手啊，还是把我哥的人喊进来？"

大夫哭丧着脸，说话的声音都变了调："算我倒霉，你们得出去看着点儿，要让日本人知道了，我脑袋就得搬家！"

大夫和二爷将孙大刚抬到里屋，拉上窗帘，用火烧手术刀。完事之后，他说没有麻药，就得硬整了，让人忍着点儿吧。王大燕点点头，把手攥拳放到孙大刚嘴边，对二爷摆头："你出去打眼（放哨）！"

接着，大夫开始取子弹。昏迷中的孙大刚大叫一声，随后咬住王大燕的手，王大燕的脸微微颤抖，血从王大燕的手上慢慢地流了下来。

半天，大夫出了一口气，就听咣当一声，子弹掉落在盘子里。孙大刚哼了一声，把头歪向一边。王大燕长出一口气。大夫瘫坐在凳子上，有气无力地挥挥手："你们快走吧，姑奶奶！"

日头从天边升起，霞光透过树林，几只鸟儿在树枝上跳跃，早晨的大青山空气格外清新。王大燕赶着马车，二爷坐在她身后，孙大刚躺在车铺上，马蹄发出嘚嘚的响声。

"掌柜的，子弹取出来了，他咋还不醒呢？"二爷问王大燕。

"废话，出那么多血，你以为人是铁打的呀？"

"哎，我看看你的手，疼不？"

"你说呢？"

二爷直了直腰板："哎我说，我要是那样，你能豁出手吗？"

"美的你！咋的，吃醋了？"

二爷挠了挠脑袋："你说呢？"话音刚落，忍不住笑了。王大燕回头瞅了二爷一眼，也扑哧一下乐了。

一阵山风吹来，几只鸟儿从树上扑棱飞起，向着天边飞去。

"哎，掌柜的，你说这日本人，自己家不好好待，偏偏跑咱们这儿祸害人，图啥呀？"

"这和咱们大青山的狼差不多，净想着抢别人嘴里的肉！"

"就得揍他们。哎，咱就这么回家呀？"

"那你说咋整？"

"日本人不能来找哇？再说，这孙大刚跟咱一块回去，是不是太招风了？"

听二爷这么一说，王大燕也愣怔了半天，最后她叹了口气："哎，有啥招？要找你还能躲呀，这东北无边无沿的，张大帅好几十万的兵，不也照样让日本人霸去了？招风也得招，你把他扔了吗？别忘了，他也舍命救过你！"

就这样，王大燕救回了二爷，也把孙大刚拉回了家。马车一停在家门口，三爷便领着弟弟跑出来，一见哥哥嫂子，就哭上了。三爷边哭边说："你们都走了，寻思不回来了，不要我们了呢。"

王大燕笑着说："没出息，再过两年都要娶媳妇了，还抹鼻涕。爹呢？"

"找你和二哥去了。"

"你说啥？啥时候的事呀？"

三爷忍住哭："就昨天，对了，他上王大叔家去了！"

王大燕一下子愣住了，她这才后悔自己当初不该偷着离开家，应该告诉爹一声。老人家怎么没回来？什么时候回来呀？可别出什么事呀！王大燕哪里知道，太爷在劳工炸营时已经被日本人的流弹打死了。太姥爷没跑出来，直到一年后飞机场修好才瘸着腿回来，几个月就病死了。

王大燕抹了下眼泪，深深叹了口气，和二爷把孙大刚背到了屋里，然后生火做饭。邻居见王大燕和二爷回来了，都三三两两地过来探望，说些安慰的话。

四太爷被撵了出来，身上一个大子也没有了，只好又没精打采地回到了屯子。他在大街上老远瞧见凤珍向他走来，刚要招手搭讪，凤珍佯装没看见，扭头向别处走去了。

"虎落平阳被犬欺！哼，关公走麦城、秦琼卖黄马，大英雄都有倒霉的时候，马粪蛋儿也有发烧的那一天！等我于老四发达了，哼！"四太爷站在原地，望着凤珍远去的背影，使劲儿跺了一下脚，抬头往前望了望，抄着手奔王大燕家去。

隔着窗户，二爷看见了四太爷，对王大燕说："四叔来了，八成又没地方吃饭了。我去关大门！"

王大燕扯住了二爷："让他进来吧。这时候，亲戚要互相照应，中国人要都抱成团，这样啥都不怕了！"

二爷有点儿诧异："嘿，你这把家虎咋变样了？"

正说着，四太爷推门进屋，见院子里几根木棍吊着一个瓦罐，草药味浓烈。他抽了抽鼻子，心里嘀咕：小产这么长时间还没好呢？然后推门进屋，径自奔向水缸，用葫芦瓢儿舀起半瓢水，咕咚咕咚地喝了起来。

看着狼狈至极的四太爷，王大燕轻声地说道："别呛了，没吃饭呢吧？"

四太爷一听，一下子愣住了，喝水的瓢儿停在了半空，扭过头来瞅着王大燕，仿佛有点儿不认识了似的："侄媳妇，可不是咋的，前胸贴后背了。"

王大燕端过苞米面大饼子和一碟咸菜条子，说："你就对付一顿吧。"四太爷感激地点点头，便狼吞虎咽吃了起来。这时，一阵咳嗽声从外屋传来。王大燕和二爷连忙走了进去。四太爷突然停住嚼饼的嘴，满脸疑惑地向屋内探头张望，自言自语道："谁呀？我哥吗？"一边说一边往外屋走，一脚门里，一脚门外，看见躺在炕上的孙大刚，吃了一惊。这时，孙大刚已经醒了，他使劲地咬着牙，肩膀上的伤口钻心地疼痛。四太爷走上前，看看孙大刚，又看看王大燕，脸上露出得意的怪笑。他歪着头问："他谁呀？这咋回事啊？"

王大燕和二爷端过来药碗，忙着给孙大刚喂药，没搭理他。四太爷一见，哼了一句小曲，晃荡着身子走了出去。

不知什么时候，四太爷又回来了，他瞅了王大燕一眼："好好，我管不着，我也不想管。这样吧，你们两口子都在，四叔今儿干爪（没钱）了。"说着，停顿一下，故意往外屋走了两步，歪着脑袋晃了两下，"借两个大子（钱）呗，嗯？"

王大燕一瞪眼睛，没好气地说道："你是不是以为抓住我们啥小辫子了？告诉你，有钱——可就是不借，咋的吧？有能耐你就使，你还讹上谁了？"

一见王大燕发火了，四太爷有些蔫儿了，他咬了咬牙："中，算你狠！"袖子一甩，转身摔门而去。

望着远去的四太爷，王大燕若有所思。第二天下午，伪满绥化县警务局的门口，四太爷探头探脑地向里张望着。不一会儿，徐大板牙从里面走出来。看四太爷站在那儿，他神气地问道："于老四，咋的，怎么到满洲国警务局来了？"

四太爷上前拉住徐大板牙，满脸堆笑。徐大板牙有点儿不耐烦，一甩手："把手拿开，有事快说！"

"给你提供一个情报，有赏没有？"

徐大板牙一愣，急忙探过头，盯着四太爷说道："有哇，当然有哇，但要看是啥。你能有啥好事？"

四太爷踮起脚尖，和徐大板牙耳语几句。徐大板牙紧绷着的脸渐渐地松懈下来，露出了得意的笑容。他歪着脑袋问："你说的是真事？"

四太爷拍着胸脯，显得很着急："保证真的，我还敢骗你呀？"

"好咧！"徐大板牙拍了一下四太爷的肩膀，转身向警务局大门走去。四太爷从后面撵上，直招手："哎哎，赏钱呢？"

徐大板牙转回身，轻蔑地看着四太爷，突然一瞪眼："赏钱？你们老于家窝藏抗联，按照'满洲国'连坐法，我不送你个枪子就照顾你了，还赏钱！"说完，得意地一笑，向院里走去。

四太爷抽了自己一个大嘴巴，回身就跑。

爬上大青山的日头步履蹒跚地在天空中走了一天，也许是累了，它一头栽到西天边的大榆树上，脸涨得通红。几只麻雀叽叽喳喳地飞过城墙，寻找它们的窝去了。朦胧的暮色如同一片轻纱，把绥化县城笼罩得有些暗淡。街上的行人脚步匆匆，小商小贩开始收摊了。城门的卫兵伸着懒腰，打着哈欠，开始换岗了。喧闹的一天就要结束了。突然，七八个日本宪兵和几个伪满国防军在徐大板牙的带领下，骑着马冲出了城门……

浓密的树林里，四太爷也在拼命地奔跑着，衣服被树枝荆棘刮破，脸上也刮出了几条血道道。他抄着近道向于粉坊屯奔去……

大青山的山洞里，贺黑子对着站在他面前的一排土匪狠狠地说道：“今儿我亲自跑一趟，都给我记住了，到了孔百万家，必须要有收获，不然，这口气我咽不下！”说完，龇牙咧嘴地揉了揉胳膊。

站在贺黑子旁边的五赖子说道：“咱们得讲点儿兵法，派两个人佯攻，吸引住那几个炮手，然后再从另一边打进去！”

贺黑子瞪了一眼五赖子：“你上回嘎哈了？马后炮！”

五赖子嘿嘿地笑了：“大哥，上回不是大意了吗？”

“走！”贺黑子带人走出山洞，来到山根儿，刚要走出树林子，他一把摁住五赖子，“别动，都蹲下，你听！”

一阵马蹄声从远处依稀传来，黑暗中，徐大板牙瞪着眼睛。他心里得意，这回要是抓住了抗联，他在日本人的面前就更露脸了。

五赖子压低声音说："马蹄声。这时候嘎哈？商队？不是，早住店歇脚了。"

贺黑子摇晃了一下脑袋："管他谁呢。"

贺黑子带着胡子隐蔽在道边，徐大板牙带着日本兵马队冲了过来。

贺黑子开了一枪，紧跟着枪声大作。跑在前头的一个日本兵中弹倒地，战马受惊，长嘶一声，向前跑去。其他日本兵纷纷下马，一边说着日语一边就地卧倒，拼命还击。呼啸的子弹打得树叶乱飞，一下子压住了胡子的火力……

贺黑子在去砸地主孔百万窑的路上，无意中和抓捕孙大刚的日本宪兵交上了手。王大燕家这边，孙大刚已经苏醒过来，躺在炕上，精神了许多。他望着王大燕一家人，面露感激："大燕子，谢谢你们救了我！"

王大燕一笑："说啥呢，你不也救了我吗？"

孙大刚喘了一口气，要坐起来："我不能在这儿长待呀，我得走哇！"

二爷急忙过来摁住他："啥？你这样咋走？"

孙大刚微笑了一下："没事兄弟，我没那么娇气，能挺住！"

王大燕俯下身子，着急地问："你有啥要紧事？"

孙大刚点了点头："实不相瞒，我是大青山抗联十二支队的。我得把药送去，我们的伤员等着呢，再晚就得死人哪！"

"药？啥药？"

"治枪伤的药，珍贵啊，藏在车铺板底下了。"

王大燕直起身子，坚定地说道："行了，你告诉我你们的人在哪儿吧，我去送。"

孙大刚摇了摇头："你？得了吧。别说山道不好走，你要碰到黑瞎子狼咋整？"

王大燕的脸一绷："咋的，信不过啊？大青山我没少钻，路熟着呢！"

没等孙大刚答话，二爷一把拽住王大燕："大燕子，咱俩过日子净听你的了，这回我也当一回家。我去，毕竟我是个大老爷们！"

王大燕看了看二爷，满意地点点头："行，我没嫁错人！"

孙大刚还要说话，王大燕用手势制止了他。二爷走出屋去，不一会儿，拎回一个布袋子。王大燕给他拿了两个大饼子，一个咸菜疙瘩，眼睛有些湿润。

二爷拍了一下王大燕，大步走出房门，消失在夜色中。大青山脚下，贺黑子和日本宪兵这场枪战还在继续。五赖子对着贺黑子急促地说道："大哥，听这动静，看架势是日本人，咱们撤吧。"说完一起身，一颗子弹打中他的前胸，他晃了一下，栽倒在地。贺黑子赶紧拉着他，大喊："五赖子、五赖子！"五赖子已经听不见他的叫声了。紧跟着，齐大勺子也中弹死了。贺黑子一见，喊了一声："撤！"土匪们纷纷爬起来，一边开枪一边向山里退去。

日本军官见对方停止了射击，一摆手，直起身，回手给了徐大板牙一个嘴巴子："你的情报有误，我们中计了！"

徐大板牙捂着脸，委屈地说道："太君，打这两下子就跑了，绝对不是抗联！"

日本军官沉思一下，点点头："继续搜索！"

日本兵端着枪，展开搜索队形，小心翼翼地向前搜索着……

结果，日本兵没有看到袭击他们的人影，搜索一会儿就收队了，接着继续向于粉坊屯奔去。

夜色中，四太爷气喘吁吁地跑进了屯子。随后，徐大板牙和日本兵也进了屯子。听见了后面的马蹄声，四太爷迟疑了一下，突然一边跑一边拼命地喊了起来："不好了，大燕子，日本人来抓你了。大燕子，快跑啊！"喊声非常响亮，一下子引得一片狂吠。于粉坊屯立刻喧闹起来。

日本军官勒住马，掏枪对着黑暗中四太爷的背影开枪射击，子弹飞过，在夜色中划出一道火线。四太爷依然边跑边喊，突然身子一挺，接着踉跄几下，倒在了血泊之中。他口吐鲜血，断断续续地说着："大燕子……跑……跑……"

四太爷的喊声依稀传来，接着，枪声传来，王大燕和孙大刚都听到了。王大燕一边急忙招呼着三爷他们哥仨快跑，一边搀起孙大刚往外走。

孙大刚一脸歉意，对着王大燕说："大燕子，他们奔我来的，你快走吧！"

"快，没时间争了，我们一起走！"

王大燕搀着孙大刚向屋后走去。到了墙根，王大燕蹲下身子："你快点儿踩着我翻过去！"

"你呢？"

"你有伤，快点儿，完了我再跳过去，快，别磨蹭，要不就不赶趟了！"

孙大刚踩着王大燕的身子艰难地翻过墙去，好在农村的土墙不是很高。

孙大刚翻过去，站在另一侧着急地喊："大燕子，你倒是跳哇！"

墙这边，王大燕直起腰，平静而坚毅地说道："大刚，替我多杀几个鬼子。我要跳过去，咱俩谁也跑不掉！"

墙那边，孙大刚声嘶力竭地大叫一声："大燕子——"在孙大刚的叫声中，王大燕快步跑向屋里。

这时，徐大板牙领着日本兵来到了王大燕的屋前。日本军官一挥手，日本兵蜂拥而上。

屋内，王大燕抓起灶台上的油灯，迅速插上门闩，用身子死死顶住房门……

日本兵拼命地踹门，门板摇晃着，土末儿和灰尘纷纷掉落。王大燕使劲地把油灯摔到柴火堆上，划着洋火扔了过去。与此同时，门被撞开。噗地一下，火光冲天而起，冲进来的日本兵哇哇地叫着退了出去……

火蛇缭绕，烟雾弥漫，瞬间吞没了王大燕的房子……

火光映红了王大燕微笑刚毅的脸庞……

火光映照着日本军官、徐大板牙惊恐凶恶的嘴脸……

一轮红日从大青山顶上喷薄而出，霞光四射，层林尽染。远处的山道上，一匹大青骡子飞奔而来，它高昂头颅，鬃毛炸裂，四蹄腾空，半截缰绳在风中上下飞舞，啼声清脆悦耳。它向着日出的方向奋力奔驰，渐渐融入了一片莽莽苍苍之中……

飞舞的红盖头

一

刘财气喘吁吁地从王大娟子身上滚落下来，一边呼哧呼哧地喘着粗气，一边咂摸着刚才的快感。

王大娟子紧紧地闭着眼睛，豆大的泪珠滑落在嘴角边，咸咸的、涩涩的。她懒得搭理刘财，也压根儿不想和他说话。自从她爸哀求着她嫁给刘财那会儿，她就咬牙下了这个决心。听着刘财几近绝望的叫唤，王大娟子感到了一阵阵快意和解气。

王大娟子的沉默，激怒了刘财，他上去就给了王大娟子一巴掌。王大娟子脸上一阵火辣辣，她咬咬牙，依旧不说话，只是猛地一抬脚，使劲儿地将刘财踹到了炕下。

洞房里的响声惊动了刘财他妈。因为王大娟子和三忙子相好这件事儿，在屯子里早就不是什么秘密了。她推门进来，看到屋内这情景，心里顿时明白了八九分，便踮起小

脚，指着王大娟子大骂，骂完，疯了一般地上去抓挠王大娟子。王大娟子猛然翻身坐起，一胳膊就把她撑了个腚蹲儿。老太太双手拍地，号啕大哭，一边哭一边大叫："当初我就不同意啊，整这么个丧门星，没好啦！你和你爹是一样的色鬼，就图她那个脸蛋子。呜呜呜——"

刘财满脸通红，大声地叫骂着，起身摁住王大娟子，两个人在炕上扭打成了一团。刘财他爹刘金贵在上屋听着洞房里传出的响动，撂下大烟枪，一阵咳嗽，蜡黄的脸变得煞白，下巴颏上的一小撮山羊胡子一个劲儿哆嗦着，心里狠狠地大骂着三忙子……

这一天，是1940年的腊月初六。这一天，狼洞沟的大地主刘金贵仗势为儿子强娶了给他扛活的王老蔫儿的闺女王大娟子。这一天，让狼洞沟的百十户人家心惊肉跳。

一大早，刘家迎亲的队伍嘀嘀嗒嗒走到王老蔫儿门前。新郎官刘财穿着崭新的大褂，双肩斜背红绿两条绸布，胸佩红花，溜圆的大脑袋上，两只眼睛眯成了两条缝儿，咧着嘴，露出一口大黄牙，鼻涕泡儿都美出来了。要知道，王大娟子可是狼洞沟方圆百里一等一的美人，连方台子有名的段大皮袄——他的一个八竿子也打不着的舅舅都惦记呢。要不是我爹有心眼儿，勾引王老蔫儿抽上了大烟泡儿，又让警察署的黄大麻子一顿吓唬，得多大雨点儿能轮到我头上啊？哼，三忙子，跟我争，没门儿！

刘财边想边跳下黄骠马，直奔院子走去。这时，一个人影从门旁的柴火垛后面闪出来，手里拿着片刀，直向刘财扑去。大伙吓了一跳，定睛一看，是满脸通红的三牤子。这要干啥呀？人群一阵骚动。红着眼睛的三牤子三步并作两步，一下子就蹿到了刘财跟前，举刀就砍。刘财闪身躲过。这时，跟在刘财身后的几个人才缓过神来，死命地扑上去，抱住三牤子，把刀夺下来，摁住了三牤子。支客办过不少红白喜事，头一回见这阵势，吓得够呛。稳了稳心神，他急忙吩咐人把三牤子捆到了刘财家，然后径自推开门，吩咐人匆匆忙忙地抬走了王大娟子。

刘金贵正在家等着呢，猛见下边人把三牤子捆来了，便忙问："这是咋的啦？刘财呢？新媳妇呢？"等听完事情的来龙去脉，刘金贵气得牙根直痒痒，照着三牤子的脸就是一拳，三牤子的鼻子淌出了血。刘金贵余怒未消，吩咐人带着他的信，把三牤子送到了方台子警察署。临走时，他冲着三牤子大骂，说让三牤子吃一辈子牢饭，一辈子给日本人当劳工，死都不知咋死的！

三牤子被五花大绑送到方台子，警察署长黄大麻子看了刘金贵的信，掂了掂叮当乱响的现大洋，对着三牤子就是一脚："作死呢，拿刀杀人？胆肥了，'满洲国'也是讲王法的。你看啥？再看一眼我一枪毙了你！"然后冲外面大喊，"来人，先把这小子捆起来！"

赶巧，第二天晚上，望奎县警察局来了拘留指标，黄大麻子就安排人明早把三犊子送去顶坑儿。那时，伪滨江省把原海伦辖区分成了海伦、望奎两个县，方台子划归了望奎管辖。

太阳出来了，新的一天来了。方台子到望奎的路上，一辆马车吱呀吱呀地颠着。车老板甩着大鞭杆子，皮鞭子在空中画个圈，猛然抖直，发出一声脆响，惊得道旁大柳树上的乌鸦飞舞盘旋起来，嘎嘎地乱叫。车上坐着俩警察，缩个脖子，直骂被捆住双手的三犊子："就怨你，天寒地冻地出这趟鬼差。"三犊子不还嘴，脑子里一会儿想着王大娟子这会儿在老刘家嘎哈呢，一会儿想着到县里蹲大狱是什么情形，真能去给日本鬼子当劳工？日本人无缘无故跑东北来，这冷天，就不怕冻？

方台子与望奎相隔一百多里，马车慢悠悠地走到西河口，已是下午三点多了，天要黑了。西河口是呼兰河的一个分支，两边丘陵凸起，丛林茂密。马车从封冻的河面上轧过去，开始爬一个陡坡。上去再走几里地，就能看见望奎了。车走得慢，天冷，坐车的时间也长了，车老板和俩警察都下地跟着车小跑，暖和暖和脚，盼着快点儿到地方，好交差，然后下顿小酒馆。

就在马车爬到半山腰的时候，从前边树林里突然冒出两个人，一人手里拎着一支乌黑的短枪。其中一个人一把拽住马笼头，向前猛跑。另一个人举枪大叫："听好了，'天下好'占道，不要人不要命，只要货和大洋票！"喊完，扭头冲着树林子大声叫道，"里边儿的人把招子（眼睛）瞪圆喽，把喷子儿（枪）捋直溜！"

警察正想着热乎乎的烧酒，猛听这一嗓子，吓得一激灵。"碰到劫道的了，还是'天下好'。"

天下好，胡子头，就在呼兰河一带转悠，有四十多号人。天下好挺仁义，从不祸害穷人，倒是遇到小鬼子、伪满洲国军和警察，丝毫不客气，总是明里暗里整一下。所以那会儿老百姓挺得意他们。天下好在呼兰、望奎这一带赫赫有名，沾点儿公家饭的都怕他们。

两个警察碰到这事，吃饭的家伙式儿也不要了，再说也犯不上啊，何况枪还扔在前面的车上了，树林子里的人还用枪指着呢，当时就吓得跪在地上求饶。胡子上来，给了这两个警察两脚："痛快滚犊子！"这两人跟兔子似的没命地跑，生怕胡子反悔。

前面的人卸了两匹马，抱着两杆汉阳造回来了。胡子问三牤子："咋的了？犯啥事了？"此时的三牤子在车上已经冻僵了，愣是说不出话来。"你下车蹦跶蹦跶，一会儿冻僵了。"说完，胡子挑开绑他的绳子，把他拽下车。三牤子晃了好几下，好悬，没摔倒。"你叫啥？""好汉爷，我叫三牤子！""嗯，是挺牤实！犯啥事了……"这时，先头拽着马车的人打断话头：“中了，不用问，这年头穷人能有啥好事？麻溜收拾，咱俩赶紧走！你也走吧！”

三牤子四处瞅瞅，自己该去哪呢？看着蹿进林子的俩人，他一咬牙，大喊起来：“好汉爷，我没地方去，把我收了吧！”半晌，一个人从林子里闪出身来，冲着三牤子一招手，三牤子急忙奔了过去。

三牤子在俩人面前站定，四处张望了半天，只看到面前这俩人，剩下的除了树还是树。“瞅啥呀？”“你们人呢？你不冲林子喊话了嘛，整半天就你俩呀？”“哈哈哈，我俩咋的？你再看看这儿家伙式儿。做事不光要人多，还要学会以智取胜。”三牤子接过那人递过来的短枪，扑哧一下乐出了声。原来短枪是用木头削的，别说，还真挺像。“这里不是久留之地，走吧。”俩人拽着三牤子，牵着马向密林深处走去。

约莫一个钟头，三人来到一架临时搭建的窝棚前。三牤子这才仔细打量站在他面前的这两个人。都是三十多岁的模样，一高一矮，皮肤黝黑，但都显得有点儿精神头。高个子方脸，大眼睛，脸上有道刀疤，穿一件羊皮袄，拦腰扎了一条麻绳。矮个子眼睛不大，高鼻梁，穿件灰大衣，肩膀和前大襟都露着几块棉花。“好汉，先谢谢你们的救命之恩。敢问二位爷真是胡子呀？”两个人对视一眼，没答话，各自把马拴在树上。然后，高个子拿起一支汉阳造，用力一拉，里面掉出一颗子弹，再拉另一支，空的。"忘了搜身了。"

矮个子盯着三牤子看了半天，说道："小伙子，长得不赖。说说你咋回事吧！"三牤子把他刀砍刘财的事从头到尾地说了一遍。"行，看来你小子有种。听你这么一说，刘财家得有枪啊。""有，他有两个护院的。"矮个子听完，把高个子拽到一边儿，两个人小声叽咕几句，转回身来，矮个子冲着三牤子说道："实话告诉你，我们不是胡子，慢慢你就知道了。"然后问三牤子想不想报仇。"想，咋不想？咋报？"矮个子低声说道："想就好，你带路，现在咱们就去刘财家！"

今夜阴天，星月不见，浓浓的夜色把狼洞沟笼罩了，远处飞快地跑来两匹马，踩着雪地发出咯吱咯吱的响声。到了屯外，三个人跳下马，直奔屯子走去。走在前面的人就是三牤子，后面跟着一高一矮两个人。三人来到刘财家，翻墙进了院，三牤子带着，轻车熟路，摸到了刘财住的屋。三牤子竖着耳朵贴着门听了一会儿，屋里一点儿动静也没有。三牤子用手一推门，门轻轻地开了，直觉告诉三牤子屋子里没人。三牤子走进屋，蹑手蹑脚地走到炕前，猛地撩开那紫红色的幔帐，果然，炕上溜光。

三牤子纳闷，刘财和王大娟子去哪了？一连找了几个屋也没找着。最后，三牤子他们摸到了刘金贵睡觉的屋。推门进屋，刘金贵和老婆刚抽完大烟。昏黄的洋油灯下，刘金贵的老婆撅着屁股头朝里迷糊着呢，刘金贵四仰八叉，使劲地吧嗒嘴、蹬着腿，嘴上一个劲儿地嘟囔着"好受"，突然见有人来到床头，一个激灵："你——三牤子，你——你——！"三牤子捅了两刀。刘金贵老婆吓得大叫一声，三牤子用刀在她脸上蹭着血："喊，你喊，再喊老子捅死你！"刘金贵老婆眼睛一翻，当时就昏过去了。三牤子这时有点儿不忍心了，正寻思动不动手，就听门外一阵响动。三牤子急忙推门出来，见高个子他俩放倒了一个人，是个护院的，听刘金贵屋里有动静，前来打探情况。三人刚要抬脚走，就见院门外跑进一个人，他们忔急忙蹲在地上。"李狗子，咋的了？"这人手里拎着匣子枪，一边问一边跑到门口，三牤子他们忔一起站起身，扑向来人，没费吹灰之力，就把这小子报销了。

响声惊动了下房，那里住着几个长工，纷纷跑出来，想看看咋回事。三牤子他们一见，急忙蹿到院外，向屯子外跑去。几个长工在后面虚张声势地咋呼几声，脚都没挪窝。

三人跑到屯外，解开马缰绳跳上去，向远处飞驰而去。身后传来几声狗吠……

二

方台子警察署。黄大麻子余怒未消，指着站在一边捂着脸的俩警察高声叫骂："真没用，把人弄丢了不说，枪还整没了，咋办？你俩痛快地放个屁！""署长，倒霉啊，碰到'天下好'了，黑压压的一百多号人哪。"黄大麻子正要发作，三十岁左右挂着警尉补警衔的副署长邹连元推门进来，瞅了瞅两个哭丧着脸的警察，挥了挥手："你俩先下去，听候处理，我和黄署长说点儿事。"

两个警察点头哈腰地出了门后，邹连元说："黄署长，向你汇报两件事。""嗯。"黄大麻子用鼻子哼了一声，算是答应。他对半年前来的这个副手多少有些敌意。邹连元毕业于伪满洲国新京警察学校，办事干练，来了不长时间就和署里的警察混得不错，黄麻子觉得自己的位置有些不牢靠。

"一是王镇长告诉你晚上有个饭局，听说是招待一个日本人；二是昨晚狼洞沟发生了一起杀人案。""咋回事？""刘金贵在半夜被人用刀杀死了，还死了两个护院的。""啥？"黄大麻子一听刘金贵死了，确实吃了一惊。一堆儿死了三个人，案情重大，他一边吩咐邹连元去现场，一边忙向望奎警察局汇报。

下午，邹连元带人来到了狼洞沟。死者由三人变成了四人。刘金贵老婆惊吓过度，加上丧夫之痛，一口气没上来，眼珠子一瞪，腿一蹬，也跟着刘金贵去了。

邹连元查看了一番，也没理出个头绪，只认定这是一起凶杀案，根据院里屯外留在雪地上的脚印儿，他判断作案者在两个人以上。刘财边号边说这事肯定是三牤子干的。"就他和我有夺妻之恨，就他有这狠劲儿，就他能一人撂倒仨。"邹连元听刘财这么一说，想到三牤子半路逃走了的事，也认为三牤子的嫌疑最大，于是将勘查情况和处理意见形成卷宗，上报望奎县警察局。没两天，通缉三牤子的海报就贴了出来。

晚上，黄大麻子出现在了萃玉楼。同来的还有方台子镇镇长王仁之、方台子商会会长麻恒贵、臻真山货行的老板段大皮袄等几个方台子有头有脸的人物。日本方面有驻方台子宪兵小队队长龟田。他们宴请的这个日本人名叫山本武夫。这家伙身材短小，留着一撮人丹胡，对中国的唐诗宋词还挺熟悉。

酒桌上，山本武夫端着酒杯，挺直着身子站着，也比在座的人矮。可来的人都得和他点头哈腰的。山本武夫拿着架子，挨个儿审视一遍："中国的白居易说得好，'百事尽除去，唯余酒与诗'，今天我们只喝酒，只和诸位交朋友。我喜欢中国的文化，喜欢中国的人，更喜欢中国这个美好的地方。来，干杯！"

酒过三巡，菜过五味，山本武夫说他毕业于早稻田大学，对地理和考古颇有兴趣和研究，到方台子就是奔着金朝公主坟来的。大青山里的确有一座金朝公主坟，据说里面埋着金兀尤的妹子。

王仁之清了清嗓子，端起酒杯敬山本，表示热烈欢迎他这个大日本专家来大青山考察，他作为方台子的一镇之长，一定不遗余力地支持山本的工作。山本含笑地点头，眼里掠过一丝阴险狡诈的目光……

三忙子他们夜杀刘金贵后，钻进了大青山。在一处背风的地方歇脚，唠起嗑儿，三忙子这才知道高个子叫余万龙，矮的叫赵占国。俩人并非胡子，真实身份是抗联十二支队的。赵占国是个排长，余万龙是个班长。俩人负有特殊使命。十二支队有个副队长张显春掌管支队的钱粮，由于忍受不了部队的艰苦条件，加之对革命的前途丧失了信心与希望，竟带着支队仅有的九两黄金，杀死了站岗的哨兵，背叛了革命，当了逃兵。支队长徐泽民命令他们二人追捕张显春，除掉这个临阵脱逃的败类；同时，前往庆城（今庆安县）和于天放率领的抗联六支队接头。两个支队要合兵一处。

赵占国和余万龙转悠了十来天，没找到张显春，正好在西河口遇到押送三忙子的警察。俩人跟踪一段，机智地拦下马车，救下三牤子。为了弄到子弹和枪，也为了证实三牤子的真实身份，好让他加入抗联，便夜入狼洞沟，杀了刘金贵。那时候，能有一个人加入抗联，增加一份抗日的力量，对于抗联来说，都是弥足珍贵的。

三牤子知道了他俩的真实身份，决定加入抗联。赵占国点头应允。

这天，三人正在山里转悠，忽然看到两个穿着黄大衣的人，一边比画着，一边在一个大本子上标记着什么。赵占国他们三个人悄悄地来到这两个"黄大衣"身后，躲在树后。就听他俩叽里呱啦地说话，知道遇到日本人了。赵占国明白了，两个日本特务，肯定是绘制地图呢。真让赵占国猜着了，这两个日本人的确是日本关东军的特务，其中一个正是山本武夫。

日本国土狭小，资源匮乏，便总想对外扩张。他们把侵略的目光首先瞄准了中国。为此，他们煞费苦心，派出间谍以各种名义和渠道刺探我们政治、经济、军事等领域的情报，为侵略我国做准备。不光是正经八百的特务，就是日本浪人也四处收集情报，卖给他们的情报机关。跟着山本的那家伙就是个日本浪人。

赵占国决定干掉这两个日本特务。他低声对余万龙和三牤子吩咐几句，然后对着三牤子一挥手，两人蹿了出来。山本和浪人闻声迅疾转身："你们、你们干什么的？""你们还好意思觍个脸问我，你们这是干吗？"赵占国挺生气。"我们，啊，我们是研究地理的专家，正在贵国考察的干活。""我看你们就是特务！"三牤子吼道。"你们，激动的不要。我们的活动，贵国批准的干活。王镇长王桑亲口保证的，嗯？"山本仰着脸，一副满不在乎的架势。赵占国冲着三牤子一歪头："别跟他们废话，上！"两个人跃起，扑向山本他们。山本他们也各自吼叫一声，拉开架势迎了上来。双方打成一团。

日本人尚武，大多以武士自居，特别是来到中国的特务和浪人基本上都会两下子。这两个人功夫尤为出色。战了几个回合，赵占国他们有点儿处于劣势，尤其是和三牤子对阵的浪人，武功不凡。按照事先约定，三牤子边打边退到三人原来隐身的地方，卖了个空当，往旁边一跳，大喊一声"万龙"，说时迟，那时快，余万龙从树后闪出，对着浪人一枪射出，日本浪人应声栽倒。这时三个人同时扑向山本，没几下，将山本打倒在地。赵占国一脚踩住山本的胸口："日本人，好好的东洋你不待，跑到我们国家杀人放火，今天我就替被你们祸害死的无数个中国同胞报仇。"说完，气沉丹田，单脚用力，山本发出一声号叫，口中喷出一摊乌血，脑袋一歪，气绝身亡。

山本事件受到了日本关东军的高度重视，他们借题发挥，大做文章。伪满洲国日报登出报道，歪曲事实，说日本访问学者无辜死于共产党抗联的手中。驻北满地区的日本关东军平贺旅团派出一个联队，对大青山进行疯狂的"扫荡"。

半个月后，赵占国、余万龙、三牤子在大青山老鸹沟遇到井上大尉的讨伐队，一百多个鬼子追着他们三个，三人边打边撤。最后，余万龙让赵占国、三牤子先跑，自己留下掩护，倚树而战，弹尽被俘。

老鸹沟里，一群老鸹冲天而起，嘎嘎叫着，盘旋着不愿离去……

余万龙被带到方台子日本宪兵队，受尽各种酷刑，始终咬紧牙关，不说抗联一个字。要说就大喊"共产党万岁，抗联万岁"，或者破口大骂日本人，历数日本侵略者的罪恶行径，把日本的井上大尉气得眼珠子生疼。为了中华民族的解放事业，他献出了年仅三十二岁的宝贵生命。

井上大尉看着死去的余万龙，狞笑了两声，叫过立在身边的龟田，叽里呱啦几句，龟田抬腿走出了刑讯室。

余万龙的尸体被日本人悬挂在方台子西门外一棵高大的榆树上……

七天后。

一场大雪铺天盖地而来，把大青山、方台子盖了个严严实实。半夜，雪停了，大榆树下突然蹿出两个人——赵占国和三牤子来抢余万龙的尸首了。三牤子一刀搂断绳子，赵占国扛起余万龙就要走，远处突然一声警笛响起，黑压压的日伪军从西边冲着大榆树奔来，一边跑一边打枪，一边咋咋呼呼，大声吆喝，子弹嗖嗖地在赵占国和三牤子的耳边呼啸着划过。

赵占国一看这架势，知道中计了，迫不得已放下余万龙，和三牤子向镇里跑去。西边的路已被堵死，他俩别无选择。赵占国和三牤子在生死之际，本能突然爆发，奔跑的速度出奇地快。

漆黑的冬夜，格外寂静。奔跑声、人们的高呼声、清脆的枪声交织在一起，尤为响亮、瘆人。这声音惊动了熟睡的人们，惊动了看家的狗。一时间，方台子灯光忽明忽暗，狗叫声此起彼伏。

一颗子弹击中了三牤子的肩膀，他浑身酥麻，不由自主地颤抖了一下，身子一趔趄，但他很快稳住，继续向前狂奔。"咋的，你受伤了？"赵占国气喘吁吁地问。"没事！"两个人一问一答，脚步并没有放慢。他们跑进一条街道，突然前头隐约传来奔跑的脚步声。"糟了，我们被围住了！"赵占国和三牤子急忙收住脚步，急切地寻找着退路。他们猛地发现旁边有一户人家露着微弱的亮光，便不顾一切地奔去。

当他俩闯进屋里时，一个睡眼惺忪的男人从炕上一下子蹦到地上，吃惊地问："你们是谁？""老乡，我们被人追杀，能不能找个地方躲躲？"男人迟疑了一下，从旁边的木柜上抓起眼镜戴好，一指后墙戳着的立柜："快，挪开它！"赵占国和这个人合力挪开立柜，出现在他面前的是一个门洞，赵占国和三牤子毫不犹豫地钻了进去。身后传来木柜移动的声响。接着听到的是粗暴的开门响动和纷乱的脚步声。赵占国和三牤子钻进去的是一个夹壁墙，东北老式住宅几乎家家有，隔凉保暖，兼具储物的功能。

屋里拥进几个日本人和伪满洲国防军。他们高声质问："是不是有人跑进来了？""回太君的话，有！"这话一出口，赵占国和三牤子立时觉得脊背有一股凉风钻过，急忙握紧手中的匣子枪，准备拼个鱼死网破。接着，男的一指外屋："太君，奔这儿向后跑去了。""八嘎！"一群人伴着叫骂声，沿着后门向外跑去。院外，一圈高墙，贴墙戳着一架梯子。

日伪军有的爬着梯子翻墙跳过去，大多数抹头往回跑，纷纷乱乱的脚步声夹杂着喊声渐渐远去……

三

一阵喧闹过后，死一般的寂静来临。赵占国和三牤子藏在夹壁墙里这二十多分钟，可以说非常短暂，但他俩觉得是那么漫长。他们彼此能听到对方的心跳，脑瓜门子不禁冒出了冷汗。他们是英勇无畏的抗联战士，他们不能死，因为他们各自还有各自的念想。赵占国想，他死了，张显春就拿着黄金躲到一个没人知道的地方当暴发户了，他没脸见死去的战友。三牤子想着王大娟子，自己死了，王大娟子得牵肠挂肚一辈子。就是真死了，也得见王大娟子一面，那样他就没啥遗憾了。好在一切都过去了，好在他们今晚太幸运了，遇到这么一个好人。

立柜移动发出的声音又响了起来，光线照进来，三牤子他们走了出来，这才看清眼前救命恩人的模样。这人身高一米七左右，身材瘦削，瓜子脸，眼睛挺好看，戴着一副金丝边的眼镜，一看就是个教书的。他操着流利的东北话，小声地说道："没事儿了，把心搁在肚子里吧。""哥们儿，大恩不言谢。能告诉我们你叫啥吗？"赵占国抱拳问道。"啊，我姓徐，单名一个'平'字，是方台子医院的外科大夫。你俩呢？""我们是马眼子（马贩子），我叫李三，"赵占国一指三牤子，"他叫杨二愣。我们都是望奎莲花的。""外头肯定不消停，你们哥儿俩要是信得过我，就在这儿躲两天吧。""那真是太好了，这恩情我俩将来咋报啊？"赵占国显得很激动。"别说那些没用的，谁让咱们都是苦命的人。唉，这个世道！"徐平叹口气，对着三牤子说道，"二愣兄弟，你上外头抱点儿麦花溜儿，你俩还得在夹壁墙里躲着。"三牤子点下头就往外走，刚一挪窝，突然龇牙咧嘴地哎呀一声。徐平定睛一瞅，三牤子满头大汗，左肩膀子透出一大块血迹，不禁大声叫道："这不挨枪子了吗？赶紧的，我瞧瞧！"站在炕梢的赵占国急忙抱住三牤子就要往炕上撂，徐平急忙喊："赶快放到炕头，这块热乎点儿。"两个人把三牤子弄到炕上，三牤子就开始打哆嗦了。徐平摸了下三牤子的脑袋，对赵占国说道："发烧了，这是子弹没有穿透肩膀弹头留在里面造成的，得赶紧手术，不然发炎感染就危及性命了。"赵占国一听，又怕又急："手术？对呀，赶紧哪，可咋手术哇？"徐平推了推眼镜，跳下炕，从立柜里拿出一个药箱子，拍了拍："老哥，别忘了，我是外科大夫呀。"赵占国闻言，摩挲一下后脑勺："可不是咋的，看把我急的，忘了这茬儿了。那麻烦兄弟了。""别客气了，只是麻药怕是不够，这位兄弟恐怕要遭点儿罪了。"三牤子迷迷糊糊地嘟囔道："没事儿，没事儿，我不娇气！""好，兄弟，挺住啊。"说完徐平冲着赵占国一努嘴："你上来摁住他！"

徐平用手术刀割开三牤子的伤口，给他取子弹。整到一半时，麻药劲过了，三牤子觉得剜心裂肺地疼，浑身不由自主地颤抖起来，但他使劲地咬着牙，一声没吭，豆大的汗珠从脸上淌了下来。赵占国不忍心看，把脸转过去，双手死命摁住三牤子。半晌，就听当的一声，子弹头掉在一个铁盘里。"好了，完事了。"徐平如释重负。三牤子哼了一声，昏了过去……

"真是一条汉子，这要上战场打鬼子，没治了。"徐平一边洗手一边自言自语。赵占国打心眼儿感激眼前这个徐大夫，真是个有良知有正义感的中国人哪！他不由得问道："你也恨日本人？""怎么，你个马贩子也关心政治？"赵占国挠挠头，不好意思地笑了："随便一说，随便一说。""哎，就怕这样啊，你随便他随便，就让小鬼子在咱们中国随便了。"徐平在一旁用毛巾擦着手，小声地感叹道。"哪能？咱们中国人不是好欺负的！""是啊，可惜我就是个平平常常的大夫，要不也像赵育才、张甲洲他们做个杀鬼子的英雄，省得受小鬼子的窝囊气！""徐大夫，你可是人才，抗联就缺你这样的大夫啊。"赵占国说完，自知失言，这话说得太露骨了。徐平倒像没听见似的，从外屋拿出几个黑面馒头，对站在地上发愣的赵占国说道："你肯定没吃饭呢，肚子是不是饿了？给你。"赵占国抓起馒头，狼吞虎咽地吃起来。他觉得眼前的徐大夫格外亲切，就像他的战友，这要加入抗联，受伤的战士得少遭多少罪呀。他瞅了一眼躺在炕上的三牤子，热血往上一涌，豁出去了。他拽住徐平："老弟，一看你就是个好人，不然能舍命救我们？我不说实话，心里愧得慌。告诉你，我们就是抗联的。"徐平一听，显得很激动，急忙摆手："老哥，小点儿声，隔墙有耳！"赵占国又挠了挠后脑勺，憨笑了几声。

两个人坐到灯下，赵占国把他出来的目的一五一十地说了。由于张显春开了小差，部队从绥棱的白马石长途奔袭，现在正在兰西拉哈山休整，等着他把抗联的于天放六支队带去呢。徐平扶了扶眼镜，激动得腾地站起身："老哥，你这么信得过兄弟，没二话，明天我到医院给你们弄点儿药，也算为抗日做点儿贡献！"说完，低头贴着赵占国的耳朵说道，"老哥，我这算不算加入了抗联？""算、算，当然算！"赵占国使劲儿地点着头。徐平嘿嘿地笑了……

赵占国和三牤子在徐平家的夹壁墙秘密养伤，确信安全了，才偶尔上炕上休息一会儿，这一待就是半个月。这天中午，徐平回来给他俩带几根麻花，用报纸包着，顺手撂在炕上，冲着赵占国说他下午有个手术，得晚点儿回来，说完就走了。赵占国和三牤子吃完麻花。三牤子栽歪身子躺了下去，他已经能下地了。赵占国随手抓起油渍麻花的报纸看了起来，看着看着，脸色变了。突然他跺着脚带着哭腔语无伦次地骂道："可恶的日本人！徐支队啊！"三牤子猛地翻身坐起，惊讶地问："咋的了老赵？"赵占国把报纸往三牤子眼前一递："你看，你看哪！""我看啥呀？我斗大的字不认识两麻袋，我看啥呀？咋回事你倒说呀！"赵占国颤抖着手，把报纸晃得哗哗响："这是伪满洲日报，上面写的，'皇军拉哈山大捷，抗联十二支队全军覆灭'！""啥？你不说支队待的地方老隐蔽吗？谁也找不着，这是咋搞的？"

赵占国听完三牪子的话，不吱声了，他好像想到了什么。对呀，敌人怎么找得这么准确啊？在哪儿知道的消息呢？他挠了挠后脑勺，忽然想起那天晚上他跟徐平说过。他？徐大夫？难道他告密了？赵占国在炕上转着圈，猛地感觉哪里不对劲儿。他使劲儿地想着，对了，他刚才在炕上蹦的时候，觉得炕梢有点儿空。他急忙用脚在炕梢试着踩几下，结果发现确实有一块地方像空敞儿，于是猫腰掀起炕席，一块方方正正的榆木板露了出来。他急匆匆地把板子掀开，一个绿皮的铁箱子呈现在他的眼前。赵占国回身瞅了一眼窗外，大街上空无一人。赵占国喘着粗气把箱子拎出来，打开的一刹那，他一下子瘫坐在炕上——箱子里是一台军用发报机。完了，徐平肯定是个特务，这不用寻思，十二支队的营地就是他告的密。赵占国对着自己的嘴巴子狠狠地扇了两下，眼睛立马充血，嘴唇一个劲儿地打着哆嗦……

天色很晚了，徐平回来了。三牪子趴在窗台看着徐平进院，忙对贴墙站在过堂门旁的赵占国招了招手，小声地说："回来了。"赵占国咬着牙，一手攥着匣子枪。这时，三牪子猛地一低头，压低嗓音说道："不对，他后面还跟着两个人。"

赵占国急忙蹿到炕沿边儿，把枪插进怀里，脑子飞速地转着。怎么回事？来抓我们？不能，要抓早抓了。他还等着我给他带路，找到于天放呢。正想着，徐平推门进屋了，后面跟着进来两个人，都是三十岁左右，身子骨儿都挺结实。赵占国急忙站起身："表弟，来客人啦？"

徐平不经意地扫了一眼炕梢，一如平常，便转过身，摘下眼镜，指着这两个人说道："哪呀，下午手术的家属。"他打了个饱嗝，对着赵占国讪笑道，"哎呀，我喝不了酒，可手术挺成功，家属非得请我吃杀猪菜，硬逼着我喝了二两高贤白，别说，这酒是好喝。我有点儿喝高了，这俩兄弟不放心，非把我送回来不可。"说完，对着跟来的俩人说道，"你看看，我说没事吧。得，谢谢你俩，你俩坐会儿呀？"跟来的俩人瞅瞅赵占国和三犊子，对着徐平一抱拳："行了，你安全到家，我们就放心了。"说完就告辞了。

徐平说了声"慢走"，并没有动地方，对着赵占国晃了晃脑袋："咱们东北人就是穷讲究。"赵占国语气平静地说道："请你喝点儿酒，是人家家属的一点儿心意，挺正常啊。不喝多卷人家面子。""是啊，我也这么想的，不去不对劲儿啊。""兄弟，我俩在你这儿待了这么长时间，不好意思了。二愣的伤养得也好得差不多了，我们得回部队了。""别呀老哥，我和你还没处够呢。再说伤筋动骨一百天，这才哪儿到哪儿啊。我是大夫，你们得听我的。这要抻着，二愣兄弟的胳膊就废了。""兄弟，你忘了，那天晚上我不和你说了吗？我要和于天放接头。我得带路，他们要和我们支队会合。""这是正事，老哥，我不能耽误你。我答应给你们整点儿药，都在医院备齐了。现在正好是晚上，医院人少，我去取回来。"说完，转身就走。赵占国猛地站起身，迅速拽出枪，对着徐平的后脑勺狠狠砸去。徐平本能地一侧头，枪把子还是削在他脑袋上。他啊的一声栽倒在地，蹬了蹬腿儿，便不动弹了。赵占国上炕掀开炕席，拎出电台，和三牤子推门消失在夜色中。他们刚跑出方台子，就听后面传来一串枪响，在静静的夜里，声音响亮而又余音悠长……

徐平，真名叫松下一郎，日本大阪人，从京都大学医学系毕业后加入了大特务土肥原贤二的特训班，把东北话学得滚瓜烂熟。日本侵华后，松下参军，担任井上中队的少尉情报官。余万龙在老鸹沟被抓后牺牲，狡猾的井上先把余万龙的尸首悬挂在树上，说这叫"守株待兔"，然后安排松下进入一个民宅，化装成医生，等着井上故意把赵占国他们逼进去，说这叫"请君入瓮"。松下对三牤子的救治，果然骗取了赵占国的信任，套出情报。结果，抗联十二支队被包围，队伍损失惨重，只突围出二十多人，支队长徐泽民跳进了呼兰河。

为什么日本人打垮了十二支队，没有抓捕赵占国他俩呢？井上得知赵占国要与于天放接头，便放长线钓大鱼，想让松下跟着赵占国混入抗联部队，进而全歼抗联的主力部队。

为什么松下带回两个人？这天他参加了井上特地为他开的庆功会。会上，他两个要好的朋友非要跟来看看这两个抗联队员。松下认为他编的理由丝毫没有破绽，也是在同僚面前显摆一下，结果却救了他一命。赵占国岂能不知道和徐平同来的人是一伙的？所以匆忙打倒了徐平，赶紧逃走了。

松下确实被赵占国的一枪把子削得够呛，但他马上反应过来，倒地装死，后来确实昏了过去。但赵占国这一击，并没有打到要害，也就是没有伤到脑子。松下毕竟受过特殊训练，刚有点儿意识，就挣扎着拔出身上的手枪，用力扣动扳机，打光了里面的五发子弹……

枪声就是警报。一时间，方台子警笛呜呜、汽笛声声、人喊马嘶、脚步杂沓。井上大尉知道全部情况后，跟一头拉磨的毛驴似的，在办公室里一门儿转圈儿。最后，他抓起电话打向呼兰的平贺旅团，说据可靠情报，抗联于天放带领六支队来到庆城，准备去兰西，请求望奎、海伦、绥棱、庆城、绥化五县驻军一起出动，把六支队消灭在大青山……

四

赵占国和三牤子跑出方台子，钻进大青山，断定日本人一定会派兵追踪，不敢怠慢，两个人一直跑到天亮，又累又渴又困。突然，后背有个冰凉梆硬的东西撑上了："是并肩子就识相点儿，报个蔓儿吧，别跟我晃门子。既然在咱的地盘子碰码了，也是缘分。不管你是里口的还是外哈，是熟脉子呀还是空子，乖乖的，要是不服开剋，我的飞子儿可不长眼睛，踢筋了灭火了，别怨我，只怪你自己点儿背。"赵占国一听这儿黑话，明白了，来人不是日本人，是胡子。翻译一下就是：朋友，你们是干什么的，要说实话。在我这儿见面了，不管你是同行还是外行人，都老老实实的，要是反抗，别怪我子弹不认人，你受伤了或者死了，你自找的。

赵占国和三忤子马上举起双手："并肩子，咱们是底柱子，靠山吃山，倒腾点儿山货，秘线滑儿迷山了，冲撞了大掌柜的，不看僧面看佛面，您放一马，哪天发财一定拜山头上顶子。不行我找个支门子。"翻译一下就是：朋友，咱们是亲近人，我们是倒腾山货的，夜里走错路了，得罪您了，您把我放喽，哪天我挣着钱了，一定给您送礼。不行的话，我找个担保人。

"哈，门儿清啊。来，码喽，大掌柜的发落。"翻译一下就是：嘿，懂行啊，绑上，让咱们当家的处理。土匪上来，将两人抹肩头拢二背，捆了个结结实实，眼睛也蒙个溜严，枪也被下去了。

赵占国和三忤子被揭开蒙眼布的时候，已然来到了一个山洞里。俩人使劲儿瞪了瞪眼睛，这才看见周围站着一帮土匪，有二十多个，高矮胖瘦，一个个吹胡子瞪眼，拿着架势。赵占国往上方一瞧，见虎皮椅子上坐着一个女子，三十多岁，穿一件貂皮大衣。眼睛细长，睫毛浓密，鼻梁高挺，脸色粉白，十分可人。她就是这个绺子的大当家的，外号"赛桃花"。其实她是日本人，真名高美千惠子，身份是日本特务，和化名徐平的松下是同门师兄妹。

这时，抓赵占国他们的胡子头儿迈步上前，对着"赛桃花"抱拳鞠躬："大当家的，这俩主儿是在黄石碰子碰到的，门儿清，船正儿（有主意，胆子大）。"胡子头儿汇报完，转身对赵占国喊道，"来呀，还傻愣着干啥？快来见过我们大当家的。"

赵占国向前走两步，大声说道："大当家的在上，恕小的身体不便，不能给大当家的行礼。在下李三，靠贩卖山货为生，误闯了大当家的码头，请大当家的原谅，放小的一条生路。"

"赛桃花"刚要说话，从旁边门里走出一人，大约四十岁，头戴毡帽，身穿一件灰色的棉袍。他嘿嘿笑了一声，接着说道："李三？哈哈，占国兄弟，别来无恙啊！"赵占国循声望去，不禁倒吸一口凉气。妈呀，这么巧，这小子原来在这儿。谁呀？他苦苦寻找的叛徒张显春。

"你……你咋在这儿？""哎呀，说来话长啊。"

张显春从十二支队跑出来，不敢走大路，一是路上鬼子、特务盘查得严；二是十二支队也不能轻易饶了他，肯定派人追。于是，他钻山走小路，结果也被"赛桃花"的手下抓住。这小子会说，编了一套瞎话，说他在地主家管账，偷了金子往辽宁老家跑，接着又献上金子，加上他识文断字，算盘子打得好，就入了伙，在粮台（胡子里管后勤的）手下打杂。

"赛桃花"一见这情形，站起身，满脸狐疑，指着张显春问道："老张头，这是咋回事儿？"没等张显春答话，赵占国扑通一下跪倒在地："大当家的，我说实话，我是抗联！""什么？""赛桃花"脸色大变，急忙拔出手枪，一旁土匪也弄刀舞枪。赵占国接着说道："我在抗联实在熬不下去了，就拉着我这个兄弟趁乱跑出来了。也许是命，也许是缘分，跑大当家这来了。我和老张是一个屯子的，大当家是观音菩萨转世，能留老张也能留我，我愿意给大当家的效劳。"

"赛桃花"听完，心想，正好，先留下你们，然后让你们带路找抗联。想到这儿，她抿嘴乐了，一挥手："既然是老张的老乡，不看僧面看佛面，好，就留下吧！松绑！"

三牤子没想到赵占国来这么一出，不知他葫芦里卖的什么药，就一声没吭。胡子上前给赵占国和三牤子松绑，赵占国耸了耸双肩，甩了甩胳膊，对张显春一笑："老哥，有个事儿你忘了吧？"张显春近前一步，一脸茫然："啥事？"赵占国猛地猫腰，从给他松绑的胡子小腿肚子上拽出一把匕首，对着张显春的胸口狠命地一扎，整个刀身就扎了进去。赵占国迅速抽刀，血跟着喷溅出来，张显春杀猪似的一声号叫，栽倒在地。情况突然，土匪们愣了一下，紧接着缓过神来。赵占国还想举刀再刺，来不及了，一个土匪一枪击中他的胸口，赵占国哈哈大笑，身体慢慢地向后倾倒……

三牤子大叫一声，往前一纵身，一声枪响，三牤子的波棱盖儿被打碎，身子一堆歪儿，他忙用双手紧紧地撑住地面……"赛桃花"吹了吹冒着烟儿的勃朗宁，阴险地笑了："把这个抗联送到方台子，日本人怎么也得给老娘一百块现大洋，到时候让弟兄们好好开开荤。"土匪们一阵浪笑……

三牤子很快被送到方台子宪兵队。段大皮袄马上得到了消息，打发伙计给刘财送信，告诉他杀他爹的三牤子被抓住了。这时候，王大娟子回娘家了，只有刘财在家。他听到信后，又是哭又是笑。"呜呜，爹呀娘啊，三牤子抓住了，啊啊！一案四条命，这杀父之仇，我刘财岂能便宜你！"一阵抓狂之后，刘财瞪着眼珠子想了半天，咬了咬牙，从柜里翻出金条和大烟土，包好，骑上马，直奔方台子。他要让三牤子死，快点儿死，而且还要死在他爹娘的坟前。

段大皮袄知道三牤子杀人在先，加入抗联在后，哪条都是死罪。但他听完刘财的哭诉，卖上了关子："哎呀大外甥，你说得轻巧。'满洲国'也是有法律的。你说他杀人了，有人证物证吗？你说他加入抗联了，相关的人都死了，也是死无对证。三牤子也不是孬种，他死不承认，谁有啥招？"刘财也不傻，他知道段大皮袄的弯弯绕。他把包裹打开："舅啊，这是两根成色足的金条，还有包上等的烟土。我知道您老人家在方台子的能耐，您给外甥走动走动，一定把三牤子办喽，一定要在我爹娘的坟前砍了他的脑袋，我要用他的血祭奠我爹娘的亡灵！"段大皮袄站起身："哎呀，难得外甥你一片孝心，我一定竭尽全力，豁出我这张老脸，把这事儿整得漂漂亮亮的，顺你心满你意！"

第二天下午，刘财兴冲冲地回到家，见王大娟子还没回来，便推门来到大街上，挥舞着一张纸，边跑边喊："是狼洞沟的人都给我听着，三牤子被抓住了，明天中午在我家祖坟行刑，哈哈哈！"

等刘财声嘶力竭地回到家，猛地见王大娟子斜靠在炕边的衣柜上。"你明个儿就见着你那相好的了，去，快给我炒菜烫酒，我要庆祝！"

王大娟子起身来到外屋烧火做饭，刘财拿着通告在一旁拉长声音念着："罪犯宋铁柱，绰号'三牤子'，男，二十二岁。黄夜入室杀死——"刘财抽搭一下，带着哭腔继续念叨，"杀死良民刘金贵，"刘财使劲吐了口唾沫，咬着牙高声念叨，"后加入抗联，反满抗日，罪不可赦。定于十四日，"刘财狠劲儿地用手攥着报纸，冲着王大娟子晃了晃脑袋，挥着手，"也就是明天，你听好喽，明天，哈哈哈……执行死刑！哈哈哈！"刘财狂笑着……

菜炒好了，刘财拿着架势，美美地滋喽一大口，嘘出一口气："得劲儿，痛快！"然后狠狠地夹了一口菜，塞到嘴里，嚼了两下，"香啊，真香！"接着又灌了一大口酒，咽到一半，身体猛地抽搐了一下，惊恐地瞪着眼睛，抬手一指王大娟子，"你、你下药——！"没等他把话说完，便一下子栽倒在地，鼻子和嘴里慢慢地淌出深红色的血……

王大娟子一下子瘫倒在地上，眼泪哗哗地流出……

第二天早上，一缕久违的冬日阳光从花棱子窗户射进来，正好照在坐在梳妆台前的王大娟子身上，她一身红衣，正安静地对着镜子化妆。桂花油把她的大辫子染得油光锃亮，香粉把她的溜圆的脸蛋儿抹得粉白，红纸压出的嘴唇，像两片鲜艳的花瓣儿，水汪汪的大眼睛如同狼洞沟头那个泉眼，清澈透明。她静静地看着镜子，突然，镜子深处慢慢走来一个壮汉，高挑个儿，腰板溜直，梳着平头，一双大眼睛炯炯放光，对着她憨憨地笑着……

王大娟子用手慢慢地摩擦着镜子，一下、一下，又一下……不知过了多长时间，街上突然人声嘈杂。王大娟子缓缓地站起身，瞅了一眼倒在地上的刘财，慢慢地拎起炕沿边上的一个乌木食匣，稳稳地走了出去……

三牤子被绑在刘金贵坟头的一棵老榆树上，他的前面站着一溜儿警察，后面几步远站着两个日本兵。不远处，围着狼洞沟的乡亲们。一个日本兵掏出怀表瞅了瞅，突然一个手势，哇啦一句，警察唰地举起枪，一排枪瞄准了三牤子。

"慢着！"突然，一个女人的吼声传来，日本兵哆嗦一下，急忙回头。警察下意识地放下了枪。乡亲们唰地回头望去。冬阳下，微风中，一个一身红衣的女子甩着油黑的大辫子从远处稳步走来。"王大娟子！"乡亲们一阵骚动，慢慢后退，闪出了一条道儿。王大娟子挎着食匣，在乡亲们让的这条道中，在无数目光的注视下，向三牤子款款走去……

"娟子，娟子，你咋来了？"三牤子睁开眼睛，又惊又喜。王大娟子不说话，把食匣放在三牤子脚下，开盖，拿出一个焦黄的猪蹄儿，递到三牤子嘴边儿："牤子哥，这是你最爱啃的猪蹄儿，来，咬上一大口，临死也闹个饱鬼！""嗯嗯。"三牤子咬上一口，边嚼边说，"香，真香！"王大娟子又从匣子里拿出一瓶酒和两个大海碗，慢慢倒满："来，三牤哥，咱俩喝一碗交杯酒，我王大娟子就是你媳妇了。""你早就是了。"三牤子乐呵呵地说道，然后不解地问，"我杀刘金贵那天，你和刘财都没在屋，干什么去了？"王大娟子说："你傻呀，三天回门，刘财不愿意回，跑到方台子打野食儿去了。""便宜了他！""不说他，扫咱们结婚的兴！""嗯嗯！"三牤子使劲地点点头。

王大娟子左手把碗慢慢举到三牤子嘴边，自己也踮起脚尖，右手端起另一碗洒和三牤子一起使劲儿地喝。然后，她突然把碗一摔，从棉袄里拽出一块金水金鳞的红布，蒙在头上，扑上去，紧紧地抱住了三牤子……

愣愣地看着这一切的日本兵突然缓过神来，大步跑到榆树下，一把扯下王大娟子的红盖头，扔在地上，突然啊地大叫了一声。此时，王大娟子紧紧抱着三牤子，两个人的嘴里和鼻子里正往外淌着深红色的血……

突然，一阵风来，刮起地上的红盖头，飞舞着向远处飘去，越飘越高，越飘越远……

对枪

那是1931年的腊月初三。

下了一夜大雪，牤牛岭银装素裹，西北风呼呼地刮着，吹得树梢发出清丽的哨声。时不时卷起的雪末儿，形成一阵阵雪雾，飘忽翻卷着，在地上堆积成一道道雪棱子。严格说，这样的天气并不适合打猎，因为动物多半要猫在窝里避寒。但刘柱子闲不住，便穿上羊皮袄，戴上狐狸皮的帽子，套上乌拉，把小酒壶灌满，斜挎着洋炮，招呼着弟弟王小炮走进了在凛冽的寒风里瑟瑟发抖的牤牛岭。

牤牛岭是小兴安岭的余脉。小兴安岭肆无忌惮地乱窜，把它霸气地甩到一马平川的松嫩平原上，起起伏伏的山岭就如同一头喘着粗气误入人家田地的牤牛，懒洋洋地趴在地上，略带羞涩。人们按照它的形状，就称呼它为牤牛岭。刘柱子就生活在牤牛岭山脚下一个名叫二佐的村子。

刘柱子打小在二佐就出名。

刘柱子五岁时用水灌耗子洞，等大腹便便的耗子如孕妇一样吃力地爬出洞口时，他毫不犹豫，一把抓住耗子的脊梁骨，扔到事先烧红的木柈子火里，看着耗子在火中挣扎直至化为灰烬，他的小脸一点儿都不变色儿，只是眼珠子不怀好意地眨巴几下。

刘柱子七岁时把家里的冻豆包偷着掰出一小坨，掖在怀里，躲在老榆树下猛啃。屯子里的祥子叔看见了，说："你给我几个，要不我告诉你妈。"刘柱子瞪着眼珠子回敬道："你告诉去吧，回头我一石头块子把你家的窗户砸漏了。"祥子叔见硬的不行，就起坏心眼儿，从兜里掏出一把松树子："来来，我和你换，你给我几个豆包，这一把都归你。""中。"刘柱子答应一声，接过松树子，却蹭地一下子跑了。祥子叔愣怔半晌，捡起地上的土坷垃，象征性地撒了过去，跟着骂一声："小兔崽子，成精了！"刘柱子回过头，跳着脚喊："哎哎，没打着，打你后脑勺，后脑勺长白毛，刺挠你一劲儿挠……"

及至十四五岁时，刘柱子缠着一个闯关东过来的老头学了一番拳脚功夫。这老头好打猎，刘柱子就顺理成章地成了他的猎徒。等到刘柱子二十来岁时，已经是牤牛岭数得上的猎手了。

老头有个绰号叫"王大炮"。一是因为他拳头厉害，二是他打猎惯使一杆洋炮。老头闯关东时，老伴死在了半路上，有个独生子，照刘柱子小几岁，也没起个正经八百的名字，大伙就顺着叫他王小炮。

有一年，王大炮进牝牛岭打猎，遇到了两只狼。结果王大炮打死一只，自己也被另一只狼咬伤，逃回家后竟不治而亡。这样，王小炮就被刘柱子家收养了，从此和刘柱子成了异性兄弟。

刘柱子和王小炮在牝牛岭的深处转悠了一上午，除了看到雪地上一行行的老鼠爪印，惊起树上几只乌鸦之外，再没遇到一个活物，便要收枪回家。这时，一阵风声卷着雪花扑来，刘柱子他们俩定睛一看，都倒吸了一口凉气。风定雪落，一只斑斓猛虎威风凛凛地站在他们面前，眼睛露着凶光，嘴里的牙齿磨动着，发出响声。

看着前面一直磨牙的老虎，刘柱子顺过洋炮，开始填药。刘柱子使用的洋炮枪身有两米长，他需要用钎子把火药和铅弹从枪口推到枪管深处，就是他的身手，击发一枪也得用时半分多钟。

刘柱子说过，打猎不光是用枪，还得用脑子。比如大雪封山后，刘柱子捕获兔子就不用枪，就靠他的双腿硬撵。兔子在前面拼命跑，四只爪子渐渐跑热，刘柱子就放慢脚步跟在兔子后面遛。刘柱子慢，兔子也有了喘息的机会，兔子也渐渐放慢脚步。刘柱子突然起步猛撵，兔子便加速逃亡。这样几个反复，兔子的四爪粘上了雪，便跑不动了，只好束手就擒。刘柱子把兔子往树上一挂，拿刀便活扒皮……

刘柱子妈说没有人家愿意把姑娘嫁给她儿子，也不全是因为他的长相，主要是他对猎物太狠了。刘柱子长得人高马大，一对大眼珠跟铃铛似的，目光阴冷，配上一个大鼻子，相貌透着凶狠。刘柱子妈曾多次劝刘柱子封枪，别杀生了。刘柱子不干：一是他热爱打猎，他喜欢扣动扳机那一刹那的快感和捕获猎物的成就感；二是靠山吃山，打猎是他们赖以生存的条件之一。

不是每个猎手进山都能有幸碰到老虎，也不是每个猎手都有幸碰到老虎后就能顺利地把老虎占为己有，不少人反倒成为老虎的食物。即使是刘柱子这个金牌猎手，心里也不免有一丝的紧张。但接下来的事情让刘柱子认为是老天和他故意作对，也活该他倒霉。因为刘柱子的洋炮的扳机冻住了，他装完药却无法击发。

老虎对闯入它领地的这两个不速之客心里产生了极大的抵触情绪，但也夹杂着兴奋。它低吼一声，四周树上早已枯萎的叶子和雪花稀稀疏疏地抖搂下来。刘柱子知道老虎要进攻了，他一咬牙，向身后的王小炮下达命令："你开枪，死活就这一下子了！"

王小炮却没动静。

刘柱子猛一回头，这才发现王小炮不知什么时候已经悄悄地溜走了。刘柱子立马觉得头皮发凉，后脊梁骨微微冒出点儿冷汗。

老虎显得极不耐烦了，它迈着健步一步一步向刘柱子逼来，刘柱子慢慢后退，老虎蹄子和刘柱子的脚踩着雪地发出嘎吱嘎吱的响声，仿佛一根儿大马针扎在刘柱子的心尖上。刘柱子退了几步，冷不丁靠在一棵树上。刘柱子不由得迅速回头看了一眼。这棵松树很粗，有十多米高。刘柱子灵机一动，把洋炮往身上一挎，低头对着手心使劲儿吐了口唾沫，然后抱住树干，迅速往上爬。老虎十分懊恼，一跃而起，带着风声，向刘柱子扑去，它张开的血盆大口只和刘柱子的后脚跟儿差了半尺远。刘柱子加把劲儿，几下子爬到了树冠中间，蹬着粗粗的树枝往下瞧。

老虎扑了空，很不甘心，立起身，伸出前爪儿也试着要上树，但它没这个本事，又急又恼，便围着松树转圈，不时仰脖用阴冷可怕的目光盯一眼斜倚在树上的刘柱子。刘柱子起初有些紧张，但看到老虎挣扎那几下，想起了那个猫教老虎留一手的笑谈，不由得笑了起来。看来所言真是不虚，真得感谢当初那只有心眼的猫。不然，老虎会上树，他这一百多斤真就交待在这里了。刘柱子又想到了武松，喝了那么多酒，竟然几下子就把那只老虎打死了，真是条好汉。刘柱子在树上一边胡思乱想，一边用手焐着洋炮的扳机。

老虎围着松树转了几圈，见奈何刘柱子不得，便直着身子蹲在地上，仰脖向上望。刘柱子这时才感觉小腹有些鼓胀，便解开腰带，竟对着老虎撒起尿来。好大一泡尿，带着热气和骚味，不偏不倚，浇了老虎一头。老虎甩了甩脑袋，似乎受到惊吓，心有不甘又极度懊恼地钻进了茂密的林子里。

刘柱子见老虎走了，悬着的心立马放下了，便从腰间解下小铁壶，拧开嘴儿，仰脖喝了一口小烧。酒精把他的精气神一下子又找了回来，刘柱子像是把刚才的危险忘了似的，竟在树上唱起了二人转："一更啊里呀啊月牙没出来呀啊，貂蝉美女呀啊走下楼来呀，双膝跪在地上尘埃呀啊……"

正唱到兴头上，突然旁边树上传来王小炮的声音："哎我说，你心可真大……"

刘柱子循声望去，见王小炮正从对面的树上探出脑袋来，弄得树上的雪末儿盘旋飞舞。

刘柱子的脸一下子变色了："王小炮，你真不是人，有你这样的兄弟吗？"

王小炮刚要申辩，刘柱子顺过洋炮，对着王小炮就是一枪。枪声震耳，雪花四溅，树梢轻摇，吓得王小炮抱着树杈大喊大叫，一个劲儿地求饶。刘柱子在一片飞舞的雪花中下了树，头也没回，径自下山了。

其实，刘柱子没真打他，只是把枪打在了王小炮那棵树根儿底下，就是吓唬他一下，出口恶气。

刘柱子气哼哼地独自走了。

　　刘柱子要走出牤牛岭时，突然见前面的山道上隆起一个一米多长的雪包，隐约透出黑乎乎的颜色。刘柱子本能地放下枪，迅速填药，然后平端着走过去。到了跟前，定睛一看，原来是个人。刘柱子急忙伸手将这个人拽起，接着"妈呀"地叫了一声，原来他拽起个女人。这女人的脸色青紫，已经看不出多大年纪了。刘柱子伸出手指头在她的鼻孔一试，半天才感觉到有一丝气息。刘柱子舒了一口气，确定她还活着，便把这个女人背回了家。

　　刘柱子一进家门，就喊着他妈妈拿棉被，然后把灶坑加满木头柈子，再把炕上的火盆弄热。刘柱子妈见状，却叫刘柱子打一盆凉水。

　　"凉水？娘啊，她都冻成冰坨子了，你要整死她呀？"

　　"你那法儿才是往死里整她！"刘柱子妈瞪了刘柱子一眼，"照我说的去做，麻溜的！"

　　刘柱子火急火燎地端来凉水，愣怔怔地看着刘柱子妈用凉水给这个女人搓脸。半晌，刘柱子妈抬头对刘柱子说："你出去！"

　　"啊，我知道了！"刘柱子猜到刘柱子妈要给女人搓身子，便走了出去。他站在外屋，把耳朵贴在门上，听着屋里的动静。好半天，就听屋里那女人哼了一声。

　　刘柱子有些激动，就大喊："娘，醒了？"

　　"嗯哪。"

"那我进屋啊？"

"嗯哪。"刘柱子推门进屋，竟愣愣地站住不动了。刘柱子看到平躺在炕上的这个女人，也就不到三十岁的样子，虽然闭着眼睛，但那长长的睫毛、黑黑的头发，加上漂亮的脸蛋，真是让人一看就心潮荡漾，血压升高。刘柱子挠了挠脑袋，说了句"真俊哪"，然后咧着嘴傻笑起来。

这个桥段有些俗套，但没办法，事实就是如此。接下来不用说了，这女人醒过来后，很干脆地答应刘柱子妈，等她养好了伤就嫁给刘柱子。

女人二十七八岁的光景，不但脸盘俊俏，身段也好看。她说她是从齐齐哈尔那边跑过来的。那边来了日本人，和马占山干了一仗。马占山败了，退到了海伦城。他们家在齐齐哈尔城边儿，全毁了，就她一个人侥幸跑了出来。

刘柱子打猎打来个媳妇，还是个美人，这让屯子里的人很是艳羡和不解，也不服气。他杀生无数，还把仙家得罪遍了，按说应该遭到报应，却为啥有如此福报？

自从刘柱子捡来个媳妇，就不进牤牛岭打猎了。说他恋着这个女人也不算冤枉，毕竟刘柱子也二十五六了。再加上要过年了，他便和老太太一起伺候这个女人，盼着她早点儿伤愈，好拜堂成亲。好在这个女人年轻，身子底儿也好，没到半个月，就能下地了。

刘柱子在家干耗着，刘柱子妈不干了，对刘柱子嘟囔：

"你不能这么在家猫着，年货得置办，添了人口，再说今年过年也得格外丰盛点儿。"刘柱子想了想，感觉妈说得在理，便在腊月二十五这天又进山打猎去了。

谁知这一去，出事了。刘柱子在牤牛岭遇到了狐狸。

刘柱子端枪瞄准了十米开外的狐狸，那狐狸一动不动。这只狐狸通体透红，是难得一见的火狐狸。狐狸在皑皑白雪的映衬下显得十分娇媚和耀眼。看着狐狸的样子，刘柱子一下子想到了家里待嫁的新娘，想着她的头发，像祥子叔家那匹枣红马锃亮的尾巴；想着她的眼睛，像牤牛岭深处那黝黑的山葡萄；想着她那鼓溜溜的胸脯……

刘柱子使劲咽了口唾沫，接着全身哆嗦一下，他真不忍心开枪了。但这只狐狸的皮毛绝对是上等货色，这要给新媳妇做一件马甲，她穿上那得老漂亮了。迟疑再三，刘柱子收回枪。他不是放弃了，而是要在枪管里再填一些火药，再加上几粒铅弹。他知道眼前这个家伙有些岁数了，狡猾得很。尤其是火狐狸，特有灵性。他不能给它留任何机会，他要一枪毙其性命。

弹药添足，刘柱子再次举起枪来。那只狐狸依旧在他面前一动不动，火红的毛被风吹过，飘忽着，如同缭绕的火焰。刘柱子凝神屏气，食指慢慢扣动扳机。就在刘柱子要开枪的一刹那，火狐狸突然站直身子，胸前一撮白毛格外刺眼。刘柱子分明看见那撮白毛迎风抖动了一下。

　　枪响了，砰的一声，紧接着是刘柱子的一声惨叫。他的洋炮炸膛了。枪管开裂炸飞，刘柱子手里只剩下半截木制的枪托。燃烧的火药冒着青烟，带着硝和硫黄混杂的刺鼻的臭味扑了刘柱子一脸。一颗铅弹划过他右眼的眉梢，撕开了一个口子，把右耳硬生生地削去了一个尖儿，血一下子流出来了。刘柱子捂着脸痛苦地蜷缩在地上……

　　狐狸早已没了踪影。太阳懒懒地悬挂在远处山巅的树梢上。林子渐渐阴暗起来，乌鸦从远处飞来，在树的上空聒噪盘旋。刘柱子踉踉跄跄地走出牤牛岭，远远看见二佐掩映在一片苍茫的暮色之中，几缕炊烟在袅袅地升腾着。刘柱子仿佛看到了媳妇正斜倚在门框上，妈妈正在大门口手搭凉棚向牤牛岭的方向张望着。刘柱子立时来了精神头，加快脚步向家里走去……

　　刘柱子进了家门，下意识地感觉到有点儿不对劲，怎么一点儿人气也没有呢？烟囱也不见冒烟？他连声地喊着妈，也不见回答，便着急地推开房门，这才瞧见老太太坐在炕沿上抹眼泪呢，便紧张地问："咋了？她呢？"

　　刘柱子妈看见了刘柱子脸上的血迹，有些惊慌。

　　"刮的，没事。她呢？"不见准媳妇，刘柱子着急。

　　"今天咱家是咋的了？倒霉呀！"刘柱子妈说完，扯着嗓子哭上了。

　　"别哭了，她呢？"

"你走没一会儿，你媳妇说出去走走，憋得难受。我也没多想，就答应了。可谁承想这一去竟没影儿了！还寻思年前你俩把房圆喽，来年抱大孙子呢。这回倒好，鸡飞蛋打了！"

"啥？你再说一遍！"刘柱子一听媳妇丢了，脑瓜子嗡嗡直响。

"凭啥呀！她没留个话？"

"留啥呀？也不知道到底是个啥来路！"老太太说完，抹了下眼泪，突然好像想起了点儿什么，"小炮呢？"

"别提他，他也跑了！"刘柱子把事情的经过学了一遍，老太太又哭上了。"你咋那么狠呀？开啥枪啊？好歹也是你兄弟，在一个被窝滚了好几年，这可咋整啊？"

"没事，兴许明天就回来了。妈，做饭吧，我都饿得前胸贴后背了。"

等老太太把饭做好，刘柱子和老太太都没胃口。媳妇跑了，王小炮也不知跑哪去了，这娘儿俩有些憋屈。

大年三十的上午，日本兵进了二佐。带队的是个小队长，带路的是王小炮。

二十九这天，日本山林讨伐队在大青山老鸹岭和抗联六支队交上了火。抗联借着熟悉地形这个条件，把讨伐队揍得够呛。吃了亏的日本人在山里转了一宿，再也没见到抗联的影子，天亮时，垂头丧气地出了山。日本人咽不下这口气，抬头看见了二佐村，就想进屯子抢一把，出一口恶气。

王小炮怎么跟日本人混一块了呢？那天被刘柱子的一枪吓坏了，不敢回来了，下了山，一口气跑到方台子，左思右想，竟投靠了日本人。

讨伐队进了二佐村，王小炮硬说抗联跑二佐来了，把二佐祸害得挺惨，扎伤老王头，抢走了两匹马，烧了几间房子，耀武扬威地回去冒功领赏了。

王小炮还算有点儿良心，没把日本人领到刘柱子家。刘柱子却红了眼，非要出去找王小炮算账。刘柱子妈抱着刘柱子大腿，差点儿没跪下，这才拦住了刘柱子。

日本人和王小炮走后，刘柱子闷头喝了一碗小烧，便倒头躺在炕上打起了呼噜。半夜，刘柱子悄悄起身，走出院子。清冷的月光下，他连跑带颠地向方台子奔去，很快就在夜色之中融入了大山里……

刘柱子在第二天中午的时候进了方台子。方台子是县城驻地，他总来这里卖山货。他很快找到和他打交道的皮货行，打听到日本人的驻地，便直接奔了过去。

一座青砖瓦房出现在刘柱子的视线里。他加快脚步走到大门口，被两个日本兵拦住。

"干什么的？"

刘柱子胸脯一挺："找人！"

一个日本兵围着刘柱子转了一圈，突然凶相毕露，用枪抵住了刘柱子的胸口。

"哎我说，讲不讲理啊？"刘柱子大声嚷嚷一句。

"嗯？讲什么理？"日本兵从腰里拔出军刺，叽里呱啦地叫了一声，正要对着刘柱子狠狠地刺去。

就在这节骨眼儿，猛地听旁边传来一个女人的声音。因为刘柱子没听明白，日本兵听明白了，日本兵连忙收枪站直。刘柱子循声望去，见不远处走来一个穿绛紫色皮夹克的女人。刘柱子一看，眼珠子立刻瞪得溜圆：这不就是我在道上救的那个差点儿被冻死的女人，差点儿给我当媳妇的女人吗？她怎么在这？

刘柱子正想着，女人已经走到了刘柱子面前，日本兵猫腰点头，然后提枪直立，刘柱子依旧愣愣地杵在那里。

"你受伤了？怎么回事？"

"狐狸整的。"

"你到这里来干什么？"

"找人！"

女人歪着头微笑着："找我吗？我告诉你，上次我从齐齐哈尔来这儿执行侦察任务，迷路了，还真得感谢你救了我。你要是想吃香的喝辣的，就和王小炮一样，我给你安排个差事。要是不愿意，你就回家过年吧，再也不要到这里来了。"

女人说完，转身就往回走。刘柱子看着这个远去的日本女人，使劲儿地咽了口唾沫，一扬手："哎我说，你给我办件事！"

女人停住脚步，慢慢转回身："你说！"

"你要见到王小炮，告诉他，三天后在西小庙见面，我要和他对枪！"

"对枪？对什么枪？"女人满脸狐疑。

"说了你也不明白。这是我们牤牛岭男人的事，换句话说，是我们中国男人的事！"

"好吧，我一定转达。"

"你告诉王小炮，他要不来，我就直接找他，山不转水转，让他掂量着办！"

女人没有答话，扭着腰肢径自向前走去。

三天后，西小庙。

对枪，就是仇家见面相互开枪，这是牤牛岭人用来了断有着你死我活深仇大恨的最残酷的方式，类似于西方人的决斗。生死由命，不用具押，全凭天意，各无怨言。

冬日的阳光透过密匝匝的树枝照射出来，在这严寒的腊月里让人多少感觉到一丝暖意。厚厚的白雪仿佛一张洁白的毛毯，把大地遮盖得严严实实。一条大黄狗从远处悠闲地走过，一边晃荡着尾巴，一边不断嗅着。一群山雀在树枝间展翅跳跃，用阳光梳理着羽毛。它们恣意地享受着清闲与快乐，全然不知牤牛岭这块土地上一会儿将要发生什么……

西小庙渐渐聚拢了许多村民。刘柱子盘腿坐在雪地上，腿上平放着炸膛后剩下的那半截枪托，手里攥着小铁壶，不时地仰脖喝一口。

突然，几匹快马从远处奔来，蹬起地上的积雪扬起一阵雪烟。眨眼之间，人欢马跃之声震荡耳鼓，冷风夹杂着雪末儿扑面而来。王小炮从马上跳下来，手里攥着镜面匣子枪，后面跟上来三四个人，摇头晃脑，龇牙咧嘴。大黄狗冲着马队狂吠两声，蹭地一下蹿进了树林子里，山雀叽叽喳喳地冲向了天空……

刘柱子依旧盘腿而坐，眯着眼睛喝了口小烧。王小炮在刘柱子面前站定，在刘柱子面前晃了晃枪："咋的？山口少尉，啊，就是你要等着拜堂没拜成的那个东洋美女，她说你要和我对枪。我说，你是不是吃错药了？要是以前，我指定认栽，我承认我的枪没你快、没你准。可眼下日头从西边出来了，我王小炮成了日本人的红人，使上了快枪。这就叫三十年河东、三十年河西！" 王小炮停住话，把手里的匣子枪往刘柱子眼前一伸，"你开开眼，瞧瞧这家把式儿，啪啪啪，连发，隔一里地能穿透你脊梁骨！"

刘柱子依旧眯着眼儿，纹丝不动。王小炮有点儿得意地说道："二佐的老少爷们都在，我知道他那脾气，我要不来，他指定得盯上门找我。再说我王小炮在二佐也不是一般的炮，我能怂了吗？"见刘柱子依旧一点儿反应也没有，王小炮往前跨了一步，低着头对刘柱子说，"怎么的，能请神不能送神啊？你要是现在反悔还来得及。以前咱们是兄弟，今后也是外甥打灯笼——照旧（舅）。凭你的胆儿和枪法，加上你救了山口少尉，在日本人那儿混，指定比我要高半截。咋样？"

刘柱子这时睁开了眼睛，但他瞅都没瞅王小炮，站起身，那半截枪托哐啷一声掉在了脚前。刘柱子伸了伸懒腰，打了个哈欠："你唠叨完了，咱就办正事！"

王小炮瞅瞅地上的枪托，突然哈哈大笑："你也太拿我王小炮不当回事了，就用这打不出火的破玩意儿和我对枪？"

"咋的，你不敢？"刘柱子猛地睁大眼睛盯着王小炮问。

"找死！"王小炮挥舞着手里的枪，气呼呼地转过身去向前迈步，边走边叫，"二佐的老少爷们儿，这可别怪我王小炮不讲究，他自找的，作死！"

王小炮说完，开始数："一、二、三……"到了十七，他突然提高了嗓音，"十八、十九、二十。"这最后的"二十"他是用全身力气吼出来的。话音刚落，迅疾转身，出枪。

就在王小炮吼出"二十"时，刘柱子迅速后撤，用力一脚把地上那半支枪托踢出，枪托飞快地旋转着带着风声飞向王小炮。与此同时，刘柱子一个漂亮的前滚翻，眨眼之间就到了王小炮的面前。王小炮刚要扣动扳机，飞来的枪托打在了他的腿上。王小炮惨叫一声，跌倒在地，枪也出手了。刘柱子迅速抓起刚掉在地上的匣子枪，头也不回地向前走去。在人们一阵惊呼声中，王小炮支棱起身子，歪歪斜斜地站立起来，望着刘柱子越走越远的背影，惊恐地眨巴着眼睛。

刘柱子在人们的注视中走出百步开外，突然向后一扬手，连身子都没转动，一声枪响，一声惨叫，接着是一阵沉寂。人们眼睁睁地看着王小炮身子晃了两下，扑通一声栽倒在地，鲜血喷出，白雪皑皑的地上绽放出无数朵鲜红的"梅花"。跟随王小炮来的那几个人半天才缓过神来，一阵咋呼，但前面已不见了刘柱子的踪影，只有一片白桦林在阳光的照射下昂然耸立，雪地上留下了刘柱子一行清晰的脚印……

刘柱子走后当晚，日本驻方台子宪兵队一阵大乱。山口少尉穿着绛紫色的皮夹克死在卧室里，像是一只冻僵的狐狸……

刘柱子走后的一年，牤牛岭来了一支队伍，专门打日本人。领头的人骑着一匹高头大马，右眼眉梢处有一块疤，耳朵少个尖儿……

密令No.1

1934年1月末，吉林省长春市的天气依然是极冷的。彼时，长春称新京，为伪满洲国首都。新京多树，故有"森林之都"之誉。冬季多雪，加之树挂（由于气温低，导致水汽凝在物体上形成白色的冰晶沉积物，学名雾凇，俗称树挂），这让当时号称亚洲第一都市的新京笼罩在一片白色之中，成为银装素裹的冰雪世界。

这是早晨六点多钟的光景。

坐落在宽城区新民大街上的伪满帝宫厚重的围墙外，一棵硕大的古榆树把密匝的枝条硬硬地伸了进来。刘铁倚树站立，他裹着一件白色的床单，全身刷白，连手里端着的捷克ZH-29半自动步枪上都挂了一层霜。刘铁已与白色的树枝融为一体，不走近细瞧，他就是树上的一根粗大的树枝。刘铁凝神屏息，已经在树中蛰伏一个时辰了。他静等着猎物出现。如果苍天眷顾，机会来临，他要一枪击中要猎杀目标，那么，地球也将会为之一颤。

1931年九一八事变后，仅仅半年，东北全境沦陷。翌年2月，末代皇帝溥仪被日本关东军从天津租界抬出来，成为伪满洲国的"国君"。初名执政，再过几个月，他就要"称帝"了。溥仪平时就是个不苟言笑的人，在伪满洲国成立的这几年里，他过得战战兢兢，憋气窝火，根本就没有真正地笑过，因为他这个"一国之君"却要受制于一个名叫吉冈安直的"帝室御用挂"，虽然吉冈安直只不过是一个日本关东军的高级参谋，军衔中佐而已。

"称帝"前，按例溥仪要穿着本民族的服装祭拜祖先，但吉冈安直这家伙竟别有用心地给他设计了一套不伦不类的衣服，这让溥仪忍无可忍。于是，他据理力争，毫不让步。最终，吉冈安直妥协了。溥仪终于出了口恶气，心情很好，觉睡得好，醒得也早。他吞了一碗燕窝后，走出勤民殿，来到院里，一边透气，一边欣赏一下雾凇。溥仪的贴身侍卫祁继忠跟在身后。

溥仪和祁继忠主仆二人站在院里，正好在刘铁的射程之内。刘铁有些激动和紧张。虽然他受过专门培训，处事干练，但出现在他面前的这个猎物确实非比寻常，毕竟是"一国之君"。刘铁深吸一口气，稳了稳神儿，瞄准，扣动扳机。就在要击发的一刹那，偏偏旁边的一棵树上突然飞起一只乌鸦，翅膀刮碰树梢，树挂变成细碎的雪末儿，纷纷扬扬地飘舞洒下。祁继忠一惊，抬眼望去，不愧是练家子，大内高手，他猛叫一声不好，迅疾抱住溥仪，转身的同时，刘铁的枪响了。声音清脆悦耳。十几只杂七杂八的鸟儿冲天而起，咕咕鸣叫。树挂成为玉屑，撒金飘玉，纷纷扬扬，伪满帝宫的东墙顿时淹没在蒙蒙白雪之中。正在院内和院外巡逻的溥仪卫队营的蒙古士兵挥刀舞剑，向古榆树下奔去——吉冈安直收了溥仪卫队的枪，换上了冷兵器。在外围名为保护溥仪实则行使圈禁职责的日本兵也叽里呱啦地冲了过来……

行刺溥仪的刘铁来不及打出第二枪，便如一只大鸟一样从树上飘然落下，然后就势向前狂奔。白色的床单被风鼓起，刘铁恰似寒江上奔流的一只快帆，而紧紧尾随他身后的伪满洲国兵和日本人则如泛起的黑石与黄沙……

刘铁跑得飞快，但距后面的追兵也就七八十米远。倘若人家不客气地开枪，毋庸置疑，刘铁肯定成刺猬了。但想开枪的溥仪的卫士没有枪，有枪的日本人却不想开枪。日本人见刺客只是一个人，又距离不远，跑不多远，便会成为他们的囊中之物，于是就大叫"抓活的"。

事情的发展真和日本人的愿望不谋而合——刘铁跑进了一条死胡同。一堵三米多高的用青砖堆砌而成的墙，冷冰冰地横亘在刘铁的面前，两边是一排耸立的高楼。后面的追兵把这一切看得一清二楚，便一边狂笑一边渐渐地放慢了脚步，就像一只凶恶的猫堵住了无路可逃的小老鼠，多少要戏要几下。追兵的狂笑声越来越真切，脚踩着积雪发出嘎吱嘎吱的响声，显得那么可怕、那么恐怖……

刘铁今年26岁，一米七八的个子，长得眉清目秀，双眼有神，透着精明。他祖籍是河北沧州，生于一个耍杂技的世家。他原名刘洋。因为祖祖辈辈和"武"沾边儿，父母便希望儿子能学文，最好留洋。刘洋自幼聪颖，可谓文武全才。但天不假人，世道黑暗，天灾不断，父母只好带着一家人北上黑龙江，最后在望奎县大五井子安了家。刘洋不负众望，19岁那年考上了张学良创办的东北大学。后来他加入了力行社。

力行社全名"三民主义力行社"，又叫"蓝衣社"。蓝衣社由黄埔少壮派组织建立，发起人被称为"十三太保"，有贺衷寒、曾扩清、康泽、邓文仪等。如果你对他们不熟悉，有一个人的大名你准如雷贯耳，这个人就是戴笠。后来，戴笠把蓝衣社变成国民党军事委员会调查统计局，简称"军统"。

刘铁很受力行社开山始祖贺衷寒和戴笠的赏识，一年前被派到长春，发展国民党组织。其实，刺杀溥仪这个任务是戴笠随口一说，如果有机会你就干，不要冒险。那时，国民党在长春乃至整个东北，力量也是相对薄弱的。然而刘铁却把刺杀溥仪当作了首要任务，因为他特别痛恨汉奸，何况溥仪马上就要对外"称帝"了。刘铁已经在伪满帝宫转了好几天，今天终于等来了机会，却被可恶的乌鸦搅了局。更让人懊恼的是，此时，他身陷绝境。

刘铁望着眼前的砖墙，嘴角露出一丝微笑。他吸了一口气，同时解下披在身上的白床单，随手向后一甩，然后加力助跑，几步蹿到墙下，一纵身，脚蹬着挂满白霜的墙壁，只几步就到了墙顶，一搭手，一个鹞子翻身，便消失得无影无踪。正得意忘形的追兵被刘铁的举动惊呆了，等缓过神来，刚要举枪射击，刘铁甩过来的床单带着风声、洒着雪末儿从天而降，把这几个家伙遮盖得严严实实。几个人连气带骂，把床单撕扯下来，再看眼前，哪有刺客的身影？倒是墙上的白霜上清晰地印着几只浅浅的脚印……

第二天早上，久违的太阳懒洋洋地从东方升起来，透过新京无数个钢筋水泥建筑的缝隙有气无力地洒下缕缕阳光，让人们多少感觉到一丝暖意。大街上，行人匆匆，不时有几个日本浪人傲慢地踱着方步，招摇过市。有轨电车叮叮当当地驶过，炫耀着它的先进与现代。一幢幢"兴亚式"风格的建筑无声耸立，威严之中透出明显的压迫感。这些带有殖民色彩的东西和街上身着长袍或者戴着狗皮帽子的中国人相互衬托，多少显得有些滑稽，让人领略到新京繁华的同时，也感觉到了一种难以名状的压抑。

阳光照射进市中心大同广场旁的伪满洲中央银行的时候，刘铁身穿一件褐色棉皮夹克，头戴一顶貂毛短帽，快步走进门来。前台小姐笑盈盈地迎上来，很职业地和他打招呼："刘经理早。"然后冲着旁边一努嘴，"有客户在那儿等您。"顺着小姐提示的方向，刘铁见沙发上坐着一个男人，身穿一件黑色的呢子大衣，围着一条藏蓝色的围脖儿，一顶呢子礼帽压得很低，让人看不清面相。刘铁走过去，礼貌地点下头："先生，我是客户经理刘铁。请问您需要什么服务？"那人闻声站起身，摘下礼帽，略一弯腰："刘经理好，我受我家老板委托，来取他存在贵行的密码箱。""您老板怎么称呼？""江汉清。"刘铁的双眼迅速掠过一丝让人难以察觉的亮光，然后漫不经心地向四处扫了一眼，接着说道："请问箱子的号码？""0032。""我记得你家老板还在我行存过一笔款子，是日元吧？""是存过，不过是美元。只是去年已经提走了，转存到上海的花旗银行了。""啊，瞧我这记性，我想起来了，你家老板亲自来的，还有他夫人，叫戴雪竹。""刘经理，不好意思，你又弄混了，我家夫人不叫戴雪竹，叫戴雪珊。"刘铁不好意思地笑了，拍了下脑袋："哎呀，瞧我这记性。这样吧，不耽误您时间了，现在就和我到楼上去办手续吧。"然后做了个请的手势，两个人一前一后上楼去了。

经过暗语接头，刘铁知道来人是戴笠派来的，肯定有什么重大任务。江汉清，戴笠的化名。戴笠从黄埔出道一直到最后戴山飞机失事，前后一共用了二十七个化名。

没过几天，刘铁从新京秘密去了北平（今北京）。

夜色降临时，绿皮火车像一头喘着粗气的老牛趴在了北平火车站冰冷的道轨上。刘铁随着熙熙攘攘的人流走出闸口，一辆挂着"警备"字样的美式吉普车早已等候在路边。刘铁熄灭了手中半支老刀牌香烟，径自向吉普车走去。吉普车前门打开，跳下一位上尉军官，对着刘铁敬了个标准的军礼，说了句"长官辛苦"，便打开后车门，刘铁敏捷地跳上去。上尉从前门进去坐定，一挥手："进德社。"司机挂挡加油，吉普车的后屁股冒出一股儿烟，突突地开走了。

日本侵华后，时任察哈尔省主席、二十九军军长的宋哲元主政华北，办公地点设在北平。宋哲元，西北军五虎上将之一。这是一个在抗日上颇有争议的人物。他先是对日本侵略者忍让、举棋不定，妄想以外交谈判阻止日本侵占华北，最终率二十九军在卢沟桥英勇抗战。

宋哲元到北平后，一面对外宣称"宁为战死鬼，不做亡国奴"，一面与日本人虚与委蛇，几次参加日本人的酒宴。蒋介石对他颇不放心，几次电令他回南京开会。宋哲元对蒋介石的用意自是心知肚明，便以"日本虎视眈眈，此去群龙无首，恐生变故。倘若国土沦丧，生灵涂炭，公与我皆成千古罪人，此责何担"为由，屡次推托。蒋介石认定宋哲元首鼠两端，唯恐生变，但无奈鞭长莫及，又别无良策，又恨又急又怕。戴笠思虑一番，决定让刘铁以南京国民政府军事委员会特别联络官的身份，进驻二十九军司令部，监视宋哲元，相机行事，一旦发现宋哲元投敌变节，立即取其性命。

宋哲元何许人也，这点儿雕虫小技岂不是一眼就识破？他便以身体不适为由，安排秘书长杨兆庚为刘铁接风。刘铁只不过是个上校，宋哲元是中将，彼此官阶悬殊，简直一个天上一个地下，他何必为此事耿耿于怀？要知道，刘铁背后站着戴笠和蒋介石，可谓"钦差大臣"，一手通天。他能不给足刘铁面子吗？

进德社里灯火通明，锦竹丝管。宴席上摆着山珍海味，还有烤鸭、爆肚等北平特色菜。围桌而坐的都是有头有脸的人物，个个肥头大耳，装腔作势。各座之间混杂着几个妖娆的美女，描眉打鬓，搔首弄姿。杨秘书长端起酒杯，对刘铁点点头，又环顾一下，很客气地说宋主席偶感风寒，其他长官如副军长秦德纯、总参议萧振瀛、参谋长张维藩都军务缠身，实不能拨冗出席，只好由他忝代，望刘联络官海涵。刘铁微微一笑，自是一番谦辞。接着酒宴开始，杯盏与筷箸交错，笑语和莺声共飞……

刘铁来到北平已经有几日了，但他始终没有见到宋哲元。这天，刘铁决定直接去见他，没想到，一进走廊，被萧振瀛迎面截住："哈哈，真巧，刘老弟，我刚刚吩咐秘书去请你，咱们真是心有灵犀呀。来来，到我办公室，我有要事与你商谈。"

走进萧振瀛办公室，萧振瀛开门见山："老弟，眼下时局动荡，日本虎狼之师磨刀霍霍。宋主席肩负守土大任，日夜殚精竭虑，一面要和日本人斗智斗勇，一面还要和鼓噪华北自治的殷汝耕之流针锋相对，更要提防自己人背后捅刀子，真是如履薄冰，难为他了。""委员长对宋主席主政华北以来的工作很满意。只要宋主席兑现他的'不当亡国奴'的誓言，率领三十万热血男儿同仇敌忾，加之国民政府和四万万同胞做后盾，不说驱除日酋于国门，拒寇于长城之外还是不成问题的。""嗯，杀敌御寇，守土有责，宋主席自是义不容辞。但眼下有一件棘手的事情需要老弟出手相助。""萧总参议，只要为党国大计，小弟愿肝脑涂地。""好，爽快，老弟不愧为党国精英。你知道孙大麻子兵败山西，被阎长官扣留一事吧？""早有耳闻。""宋主席拟由你带队去太原，救出这个麻脸将军。虽然他诉病缠身，但带兵打仗还是不含糊的。党国正是多难之秋、用人之时，千军易得，一将难求啊！"刘铁听完萧振瀛的话，马上立正敬礼："请总参议转告宋主席，我一定不辱使命，把孙将军完好无缺地带回北平。""好，我和宋主席就静候佳音了。"

第二天，刘铁带领七八个人出北平，取道太原。

萧振瀛口中的孙大麻子和刘铁所说的孙将军就是孙殿英。孙殿英，河南永城人，早年为匪，后被蒋介石收编。让孙殿英一夜成名天下知的是他后来盗挖慈禧墓，他也被世人讥为"东陵大盗""盗墓将军"。此时，身为四十一军军长的孙殿英因兵败成了光杆司令，正被阎锡山软禁在太原。

刘铁知道，宋哲元之所以派他去救孙殿英，实是一石二鸟。宋哲元和孙殿英私交不错，救他出晋，博得义气美名，换来世人赞叹不说，孙殿英也非等闲之辈，手下追随者众多，他振臂一呼，旧部来投，不但会壮大宋哲元的实力，还能用他对付殷汝耕，就是和日本人翻脸了，孙殿英起码也是替宋哲元挡枪子的一块坚硬的盾牌。另外，刘铁一去，成事更好，倘若失手，正好借阎老西子的刀剜掉了他这颗眼中钉。想到这里，刘铁不得不佩服宋哲元的算盘打得精，不禁摇了摇头，苦笑一下。他知道自己此行无异于老虎嘴上拔须，谈何容易？且吉凶难料！刘铁一边向太原进发，一边盘算着营救计划，如何才能做到兵不血刃呢？

太原是一座"控带山河，踞天下之肩背""襟四塞之要冲，控五原之都邑"的历史古都，战略位置十分重要，又是晋商发轫和崛起的祥瑞之地，锦绣繁华。这座北方重镇，自古是兵家必争之地。

为了避人耳目，刘铁把同来的人分成两组，其中一组找个旅店住下，他自己打扮成阔少模样，带着两个跟班，来到票号万利源。万利源虽然不能和乔、常、曹、侯、渠、亢、范、孔这晋商八大家相比，但在太原城也是声名显赫，富甲一方。除了票号生意，万利源还养了一队驼帮，专门长途贩运茶叶和药材。万利源老板万家和，五十多岁。他有个儿子叫万天，在新京经营一家票号，与刘铁有业务往来，私交也相当不错。刘铁来的目的就是利用万家在太原的实力，尽快打探出孙殿英被软禁在何处。结果第二天，万家就给了他一个准确的消息——孙殿英被圈禁在晋祠之中，那里只驻扎一个班的兵力。

晋祠，皇家园林，依山傍水，背风向阳，居高而筑，内有几十座雄伟瑰丽的古建筑，各种名树一万余棵，占地面积一百三十多万平方米，且地势险要，错综复杂。这样的地方藏一个人，真不太容易找。但，刘铁别无选择，他决定夜闯晋祠。

是夜，月色朦胧，微风习习。晋祠内树影婆娑，溪水淙淙，幢幢古建筑在夜色中显得格外威严又不失婀娜。刘铁一行人蹑足潜踪，过会仙桥、穿钟鼓楼、跨献殿、越文昌宫，转过待风轩，刘铁终于看到一处青砖瓦房里透出光亮。他对身后的人做了个手势，大家迅速压低身子，跟着刘铁快步向前移动。到了屋前，他们隐蔽在一座假山石后，刘铁仔细观察，果然，他发现砖房旁边一棵槐树下倚着一个人，正吸着烟。刘铁借助烟头发出的忽明忽暗的光点看清了他肩膀子上的枪管儿，认定这是孙殿英的警卫人员，孙殿英肯定就被软禁在这间房子里。他按捺住激动，轻轻和身后的人耳语了几句，这人站起身，绕到树后，一个锁喉，就把这个警卫人员擒了回来。刘铁一问，这警卫人员交代，孙殿英就在亮灯的房间里。其他士兵都睡觉去了，没人想到会有人冒死救一个光杆司令。

刘铁带着两个人迅速推门而进，把正在拿着纸牌算卦的孙殿英吓了一跳。刘铁嘘的一声，然后从兜里掏出宋哲元的亲笔信，递给了孙殿英。孙殿英半信半疑地接过来一看，里面还有一张宋哲元的照片，突然掩面而泣，大叫一声："明轩（宋哲元，字明轩）兄——"刘铁急忙上前制止，把宋哲元的照片捏在手中，低声说道："事不宜迟，快走。"几个人推着孙殿英出了门。

没走多远，就听那棵槐树下有人高喊一声："不好了，孙殿英跑了！"原来那个哨兵只是被刘铁的人绑在了树上，他吐出了堵在嘴里的毛巾，拼命大喊。刘铁顾不上埋怨和后悔，命人背起孙殿英，向前猛跑。不多时，后面传来了一阵阵喊声和几声清脆的枪响……

刘铁命令两个人留下来阻击追兵，其余的人跑出晋祠。大街上已然传来巡逻部队杂乱的奔跑声，刘铁他们上了一辆民生牌卡车，加足马力向万利源票号开去……

阎锡山获知孙殿英被人从晋祠救走了，眼珠子一瞪，刚要骂人，转念一想：走就走吧，反正你的四十一军被我吃了，你一个光杆司令也闹不出什么名堂，还能为我省下不少开支。此事也就不了了之了。

三天后，一队骆驼驮着货物，后面跟着一辆轿车，来到首义门，被守门兵士拦下。一个排长走到车前，万利源票号的管家从车窗递出一沓厚厚的钞票，晋军排长接过来，对着左手轻轻地摔打一下："哎呀，您老人家啊，怎么亲自出马了？"管家回了一句："我去榆次，你不知道那是万老板的老家吗？"排长满脸堆笑，点点头，一挥手，算是放行，一大队人马大摇大摆地出了太原。走了不远，车停下，坐在后座的刘铁下车打开后备厢，蜷曲在里面的孙殿英憋得满脸通红，咳嗽几声。看着一军之长落到这等地步，刘铁都憋不住笑了。

孙殿英回到北京，宋哲元立即报请南京政府委任他为冀北保安司令。孙殿英招兵买马，不多日便聚集了三千多人。但他也没什么事，就整天在进德社吃喝嫖赌抽大烟，心里倒也美哉快哉。

没几天，宋哲元一个电话把他召到司令部。一见面，宋哲元大步地跨到孙殿英面前，免去客套，单刀直入："魁元兄，出事了。"孙殿英从没见宋哲元这般焦急和慌张过，心里也是一紧张，脑子飞快地旋转着，究竟什么事让宋哲元如此有失常态？他试探着问道："主席，难道日本人宣战了？""没公开，但实质就是宣战！来，坐下说。"宋哲元一指沙发，两个人坐下，宋哲元把详细情况告诉了孙殿英。

日本帝国主义侵占东北三省后，很多有识之士，即使不抵抗的国民党内不少高层人士也洞若观火，清晰地看穿了日本人的狼子野心，他们知道日本人的侵略脚步不会停止，吞并中国乃至亚洲甚至整个世界的野心正日益膨胀。伪满洲国的建立，更让人感到身心寒透，中华这只雄鸡被强盗肢解了。随着日本势力向外扩张，一直想效仿外蒙独立的内蒙王公遗老蠢蠢欲动，明目张胆地主张内蒙古"独立"。蒙古德王与日本华北驻屯军大特务田中隆吉频繁接触，预谋蒙疆"独立"。

德王，全名德穆楚克栋鲁普，1912年被中华民国封为扎萨克和硕都棱亲王，简称德王。前几日，德王在日本人的支持和怂恿下，在百灵庙发表通电，公开提出"蒙古高度自治"。德王邀请日本驻天津司令官多田骏、伪满洲国皇帝溥仪前往乌苏图敖包山脚下的苏尼特王府，举行三方会谈。这三方会谈内涵深刻。日本是一个国家，伪满洲国虽不被国际社会承认，但事实上已成为一个"国家"，三方会谈，这不就意味着内蒙古和这两方对等了吗？明眼人一看就知道是日本人设的局，不言而喻，这不是明摆着告诉世界内蒙古"独立"了吗？

蒋介石坐不住板凳了。但对于内蒙古，对于德王，蒋介石还真是"爱莫能助"。最后他把戴笠找来，说道："内蒙古的事情你要管一管了。"戴笠连连点头："先生息怒，学生一定把这件事情办好。"

戴笠回到办公室，想了半天，最终还是想到了军统惯用的办法——暗杀。于是，他把这次暗杀行动命名为"密令No.1"，连夜给宋哲元发电，说蒋总裁命令宋哲元立即执行。

宋哲元接到戴笠电报，也左右为难。他虽然为了保存实力，与日本人虚与委蛇，但对德王分裂祖国这个大逆不道的行径也是义愤填膺。但条件又不允许他挥师直捣黄龙，暗杀虽然有些不光彩，但值此非常时期，也别无选择。不过，宋哲元面临的难题和戴笠一样，派谁来执行这次任务，这让他大伤脑筋。宋哲元左思右想，猛然想到了孙殿英。这小子土匪出身，手下五行八作，各类人才齐全，其中不乏灵敏机智的亡命之徒。踏破铁鞋无觅处，得来全不费工夫，这件事情非他莫属。

听完宋哲元的一番话，孙殿英也是一阵激动："我孙殿英也不是浪得虚名，从占山为王的土匪到拥兵自重的一军之长，那也不是普通人能做到的。"另外，他十分感激宋哲元在他虎落平阳的最低谷时期能拔刀相助，今天终于有了报恩和一展身手的机会。再说，这要成功了，这是他出人头地、飞黄腾达的一次难得的机遇。孙殿英站起身，一拍胸脯，眼睛都闪着泪光："明轩兄，我的命都是你给的，我就是拼死也要为你解难分忧。这件事就包在我老孙头上，我一定不辱使命！"

孙殿英怀着"风萧萧易水寒，壮士一去不复还"的豪迈气势，辞别宋哲元。回到办公室，他开始绞尽脑汁思考人选，终于想到一个人——金宪章。

金宪章，又名金奎宾，河南宝丰人，1885年出生，先为匪，后加入河南自卫军，1942年投靠孙殿英。金宪章武功高强，胆大心细，作战英勇，为人正直，没几年就升到了旅长。孙殿英在山西溃败，金宪章突出重围，后来跑到天津隐居，做了寓公。孙殿英回到北京，曾派副官魏绍棠去天津请他来北京共同举事，金宪章委婉拒辞。

这回派谁去请呢？他在屋里转了半天，想到他手下的得力干将杨月卿："中，中，就他啦！"

杨月卿到了天津，把事情的原委详细地和金宪章说了一遍。金宪章热血上涌，满口应承，立即动身，连夜赶到了北京。宋哲元又派刘铁做金宪章的助手。他想：刘铁是军统的人，刺杀行动如果没有达到预期的目的，你戴笠也脱不了干系。

经过一番紧锣密鼓的筹划和准备，"密令No.1"行动基本上就绪，可谓万事俱备，只欠东风。这东风就是如何进入苏尼特王府，如何接近德王。宋哲元和孙殿英知道，行动已经是迫在眉睫，因为三方会谈近在咫尺。也是天遂人愿，没两天，也就是6月25日，"张北事件"发生了。

这天，两个尉级日本军官带着两名士兵由内蒙古多伦开着小汽车强闯张北县城，被宋哲元驻守部队扣押。经过逐级上报，正在开会的宋哲元得知了这一情况，他心中一喜，他觉得自己期盼的"东风"终于吹来了，便立即终止了会议，单独召见了孙殿英。

下午，驻守张北的部队接到上峰命令，要求他们立即把这几个肇事的日本军人押解到北平。日本军官知道此去凶多吉少，因为按照惯例，他们早应该被无罪释放，礼送出境，今天却是武装押运，而且是去北平，去二十九军军部，看来他们要麻烦了。

"宋主席也真是，直接毙了算了。"带队的排长瞅着日本人就来气，大声地发着牢骚。谁知刚走出几里地远，道路两边突然冲过来几十号人，用枪顶住押解士兵的脑袋，光天化日之下竟把这几个日本人活生生地抢走了。

到了僻静处，一搜身，没多大油水，带队的金宪章一脸懊悔之气："一群穷当兵的，白耽误了老子的工夫。"劫后余生的几个日本人欢天喜地，对着金宪章竖指称赞并把他带到了多伦。驻多伦日军指挥官也很高兴，把金宪章他们送给了王英的"大汉义军"。

王英，内蒙古河套地区最有名、最有实力的恶霸地主、土匪。他又叫王杰臣，祖籍河北邢台，出生于内蒙古五原县。二十岁的时候，他依仗父亲王向春的势力，在家乡拉起武装，后投靠日本和德王，被德王任命为"大汉义军"总司令，手下号称有五个旅。日本投降后，他被国民党任命为平蒲路"剿共"军总司令，1951年被人民政府镇压。

王英见到金宪章，都是绺子出身，对脾气，话投机，又是国民党正规军队的旅长，还是日本人介绍来的，自然高看一眼："金老弟，委屈你了，就先干个旅长吧。日后我王某人发达了，我吃全羊怎么也落不下你一个大腿！"

金宪章一抱拳："大哥说哪里话，小弟走投无路，多亏大哥赏碗饭吃，小弟自当为大哥牵马坠镫，万死不辞！"然后一回身，拉过来刘铁，"王司令，这是我的小弟，今后也得仰仗您罩着。"刘铁对王英一鞠躬，然后垂手站立，显得极为恭敬和拘谨。

"哈哈，都是一家人，一家人不说两家话。我看这小子也是块料，好好在金旅长手下干，保你前程似锦！哈哈哈！"王英大笑。居高临下的感觉着实美好。

"谢司令夸奖！小辈自当尽力！"刘铁又是虔诚地鞠了一躬。

"金老弟，来，咱们喝几碗。草原来了贵客，天空来了雄鹰，手抓肉不能不吃，马奶酒不能不喝，还有顶碗舞不能不看哪！"说完，王英又是一阵恣意大笑……

金宪章、刘铁成功打进王英的"大汉义军"，奉命驻扎锡拉木伦庙，这就与三方会谈近在咫尺了。为什么这么说呢？原来，溥仪参加三方会谈，参观锡拉木伦庙是事先定好

的日程。

锡拉木伦是一座喇嘛庙，位于绥远四子王旗的红拉苏木。苏木，来源于蒙古语，是古代蒙古的军事建制，是介乎省与村之间的行政区划单位。现在内蒙古自治区依然有苏木存在。锡拉木伦庙可了不得，建于清朝乾隆时期，全盛时期有喇嘛一千四百余名，管辖绥远、察哈尔及青海部分地区的喇嘛庙事务，因而有"塞北拉萨"之美誉。金宪章和刘铁都暗自兴奋，光棍儿等着娶媳妇，做梦都掐着指头算日子，等着溥仪参观这个寺院，好完成"密令No.1"的行动。

也许是"密令No.1"的行动异乎寻常地顺利，到了物极必反的时候了，一切都顺着金宪章的心愿向前走着，突然山重水复柳条暗了。日本关东军一个重大的军事行动打乱了金宪章的行动计划。

当时主政绥远的是傅作义，时任国民党绥远省主席兼三十五军军长。他对德王搞内蒙古"独立"深恶痛绝，对日本侵略中国更是义愤填膺。在与德王的几次较量中，傅作义一一赢得先手。日本人不干了，关东军参谋长板桓征四郎亲自窜到归绥（今呼和浩特市），劝说傅作义投降，去做华北伪政府的首脑，被傅作义严词拒绝。板桓征四郎恼羞成怒，回去制订了一个进攻绥远的作战计划，上报关东军军部并获得批准。于是，在日本关东军的支持下，驻蒙古特务机关长田中隆吉指挥五千多名日军，和德王的一万多名伪军兵分三路，准备大举向绥远进犯。

绥远，危在旦夕……

日本军部认为占领绥远易如反掌。东北军几十万人都放弃抵抗了，傅作义能咋的？也就是五十步与一百步的区别。占领绥远，建立"蒙古大元国"，又多了一个"满洲国"，岂不是比三边会议的影响和利益更大？他们的如意算盘打得叮当响，结果却落空了，但也破坏了"密令No.1"行动。

进攻绥远，王英的"大汉义军"自然是主力，作战计划自然被旅长金宪章知道了。金宪章毫不犹豫，决定立即把敌人的作战部署送到绥远。派谁去呢？这个任务毫无悬念地落到了刘铁的头上。他马上把刘铁叫到他的办公室。

屋内，金宪章和刘铁隔桌站立。门外，一个人在鬼鬼祟祟地偷听。

"十万火急！"金宪章把日本和德王的作战部署交给刘铁，严肃地说道，"你带几个人，人多了容易引起怀疑。刘铁，此去关系到绥远的生存，无论如何都要坚决完成任务。但不管出现什么情况，"金宪章拍了拍刘铁手里的情报，继续说道，"这个，绝不能落到日本人和德王的手中。""请长官放心，就是我死了，情报也必须万无一失！""刘铁，机灵点儿，生命最重要！"金宪章说的是心里话。他看好刘铁，这是个好苗子，是党国不可多得的人才。怎么让傅作义相信呢？刘铁说他想好了，他拿出一张宋哲元的照片，说是上次去太原救孙殿英时留下的。金宪章一见非常高兴："好，有了宋主席的照片，绥远肯定相信你！"说完，用力拍了拍刘铁。刘铁使劲点点头："请长官放心，刘铁保证完成任务！"金宪章握住刘铁的手，用力地摇晃道："祝你成功！事不宜迟，马上出发吧！""是！"刘铁敬了个军礼，大步向门外走去。门外偷听的人如鬼魅一样迅疾消失……

不一会儿，几匹战马冲出营地，骑马的人一身便装……

十月末的葛根塔拉草原已被寒风吹过，翠绿尽失。但胡杨树越发精神，迎风傲立，树叶金红，远远望去，一片灿烂。一群恋家的鸿雁在悠扬的马头琴声中，依依不舍地向南飞去，或许这些是葛根塔拉草原上最后的鸿雁。

刘铁和四名卫士策马狂奔。从驻地到傅作义的驻地归绥，有二百多里的路程，他们计划第二天到达。这就需要他们彻夜疾驰。

刘铁的马队刚离开驻地不远，冲进一片胡杨林，突然，一声枪响，接着枪声大作，一颗子弹贴着刘铁耳边呼啸着划过。刘铁一拉马头，白马仰脖嘶鸣一声，前蹄直立，旋即落下。这时，两名卫士中弹，从马上滚落下来，马却惊恐地径自向前狂奔。刘铁意识到遭遇埋伏了。他来不及多想，一蹬马镫，一鞭子狠狠地抽打了一下马屁股，同时身子侧滑，一个镫里藏身，箭一样地向前蹿去。

枪声不停，子弹呼啸，又一名卫士中弹牺牲。刘铁只和杨春国冲出了胡杨林。这时，身后传来追击的咋呼声和马蹄的奔跑声。刘铁回头一看，有二十多人在后面跃马扬刀，鸣枪狂追。这是什么人呢？看来不是图财的劫匪。难道我们的行踪和意图暴露了？刘铁边跑边想。

追兵是伪蒙古军骑兵第七师师长穆克登宝派来的。

穆克登宝追随德王，铁心投靠日本人，又看不惯王英，觉得他的做派不像一个纯粹的军人。金宪章的突然到来，让狡诈的穆克登宝觉得这个人哪里有点儿不对劲儿，但又说不上来，便把想法向他的日本顾问羽山大佐汇报了。羽山大佐眯着眼睛沉思片刻，让穆克登宝安排个亲信潜伏在金宪章身边。就这样，穆克登宝的一个亲信成了金宪章旅部的参谋，就是在门外偷听金宪章和刘铁谈话的那个人。穆克登宝马上知道了刘铁的意图，立即派兵截杀。

刘铁和杨春国跑出胡杨林，后面的追兵紧追不舍。杨春国大喊："长官，我挡住他们，你快跑吧，要不咱俩都得完蛋！"不等刘铁答话，杨春国掉转马头，一边冲向追兵，一边举枪射击。很快，杨春国也中枪牺牲。

后面的追兵扬鞭打马，呼号着疾驰而过，马蹄蹬飞杨春国的鲜血染红的泥土，泥土四处飞溅。追兵很快撵上了在前面扬蹄奔跑的白马，但马背上空无一人……

乌兰花，大青山北麓一个繁华的贸易集镇。

日落时分。白日喧嚣的乌兰花渐渐归于静寂，只有马奶子酒的香气在大街上肆意弥散。刘铁警觉地走在大街上。白天惊魂的一幕幕还在他的眼前晃来晃去，他知道想要他命的人不可能轻易罢手，凶险随时都会来临，虽然他从奔跑的马上一跃而下，滚到沟里，躲开了追兵。他知道此去归绥，不可能走大路了，他只有在人迹罕至的荒野抑或是山岭开辟一条属于自己的道路。但这条路上能一帆风顺吗？他必须想得周全一些，把困难和凶险预料到。所以，他需要备足干粮和水。于是，刘铁就近来到了乌兰花。

在一家店铺前，刘铁买了一坨牛肉干。店主告诉他，三斤鲜牛肉才能制成一斤牛肉干，吃了它，又解饿又解渴，还有营养。刘铁边答谢边付钱，然后走出店门，猛然发现旁边有两个人在有意无意地盯着他。刘铁漫不经心地向前走去，那两个人不远不近地跟着他。走了一会儿，来到一家旅店门前，刘铁灵机一动，闪身进了店门。

"掌柜的，找一间干净的房间，再送壶热水！"店主殷勤地答应一声。不一会儿，传来敲门声："送水啊。"刘铁答应一声，推开门。店小二进门放下水壶，转身就走。刘铁对着他的后脖颈猛然一击，店小二连哼都没哼一声，晃身栽倒。刘铁顺势扶住店小二，把他拖到床上，摘下他的毡帽，扒下他的长袍，迅速换上，拎着水壶走了出去。刘铁走到楼梯口，见掌柜的正低着头噼噼啪啪地打着算盘，柜台前面，有几个大汉在吸着烟，说着话。刘铁悄悄地快步走出门外……

半天，掌柜的不见店小二的踪影，便扯着嗓子大喊，仍然不见回音。掌柜的嘟囔一句，噔噔地跑到楼上，瞬间，传来了掌柜的惊恐的喊叫声。几名大汉闻声，纷乱地拥到楼上……

此时，刘铁在旅店的院里解开一匹枣红马的缰绳，翻身上马，消失在茫茫夜色之中……

刘铁向去往归绥相反的方向策马扬鞭。他必须绕道了，兜上一个大圈，因为他断定追兵会随后而至，前面可能还有伏兵。于是，刘铁在一个叫南梁的地方，拨转马头，向草原深处奔去。刘铁边跑边惋惜，因为他买的牛肉干没有带出来。他吧嗒一下嘴，心里琢磨，乌兰花的牛肉干一定好吃……

刘铁骑马奔跑了一宿，第二天中午，来到了一个繁华的集镇。一打听，刘铁倒吸了一口凉气。这个镇子叫梨花镇。他一口气竟跑出差不多二百里地！

梨花镇，地势险要，人口密集，乃唐朝一品镇国夫人樊梨花所建，用于屯兵习武，故此得名。梨花镇背靠大黑山，赵国长城就在山间蜿蜒穿过。刘铁在一家饭馆喝了两碗羊汤，吃了几张大饼，竟趴在桌子上睡着了。

不知睡了多长时间，突然被人猛然拍醒，接着传来一声粗暴的问话："起来起来，回爷的话，哪儿的？干什么的？"刘铁噌地站起身，定睛一看，面前站着两个蒙古兵，手里拿着长枪，腰里挎着弯刀。屋里除了掌柜的，没有别人。

"回您老的话，我是个马贩子。""马贩子？没看出来，爷倒看你像个盗马贼！哪里的人？"刘铁故作慌张："爷，可不敢这么说，我是个正经的生意人。冰上盖不了房屋，雪里埋不住珍珠。我说的是实话，可不敢欺骗长官。""跟我回连部说去。走！"蒙古兵端着枪，撑了刘铁一下，厉声命令道。刘铁脑子飞快地转了一下，必须当机立断。他迅速出手攥住枪管，就势一拧，把枪夺过，同时飞起一脚将这小子踹倒。另一个一见，往上一蹿，伸出双手要抓刘铁，他想使出一个"得合勒"，把刘铁摔倒。看来他会"搏克"，就是蒙古式摔跤。刘铁一闪身形，迅疾躲开，同时抢枪照着他的脑袋打去，啪地一下，打了个正着，这小子惨叫一声，扑倒在地。倒在地上的那个人又挣扎着站起来了，拔出弯刀，号叫着扑来。刘铁此时已把匣子枪拽出来，对着他的胸口开了一枪，不管这个蒙古兵是死是活，转身蹿到门外，跳上枣红马，狂奔而去……

绥远，归绥。

日落时分，一匹枣红马驮着一个人冲到城门。"站住，站住！"守城的士兵一边大叫，一边后退，一边哗啦拉开枪栓。马上的这个人用力拉住缰绳，枣红马四蹄腾空。几个守城的士兵迎上去，拽住马头，骑马的人一下子栽倒下去，嘴里喃喃地说道："带我见傅主席——傅作义！"便昏倒在地……

这个人就是刘铁，他跑出梨花镇，钻进了大黑山，又沿着白泥沟，整整跑了三天，水米没打牙。毡帽早就弄丢了，棉袍已被刮得七裂八半，棉絮乱飞，鞋也张开了嘴儿，脸上布满一道道血痕……

傅作义办公室。

傅作义仔细看完摊在宽大办公桌上的几张纸，又拿起一张略微发黄的照片，点点头："嗯，是明轩兄。"然后，他站直身子，问，"送信的人呢？"副官立正报告："司令，他还昏睡呢。""预备一套干净的衣服，再弄点儿吃的。哎，对了，先找军医看一下。""是！"副官答应一声，转身往外走。傅作义又说道："通知师以上军官开会。啊，再有，看着点儿，一会儿吃饭别让这小子吃多喽，容易撑死。"副官又是一个立正："是！"转身走出了办公室。

昏睡了一天的刘铁苏醒后，要回部队。傅作义说："战斗马上打响，你回去不安全，就在这里等着胜利的消息吧。"

日伪军进攻绥远的枪声终于打响了。

傅作义有了刘铁送来的敌人的作战部署，胸有成竹，对症下药，命第二一一旅旅长孙兰峰正面阻击田中隆吉的关东军，骑兵第二师师长孙长胜率兵迂回到日军后面，两面夹击，结果，在红格尔图大败日军。值得一提的是，此役全歼了日军精锐——号称皇军"锦上添花"的特种兵雪狼机械化支队。然后，傅作义命令部队乘胜进攻百灵庙。战士们人不解衣，马不卸鞍，快速奔袭，突然来到百灵庙，犹如神兵天将，经过苦战，全歼德王一个王牌骑兵师，击溃李守信的伪一军，击毙日本在伪军部队任教官的佐、尉级军官五十余人。百灵庙日军指挥官盛岛角芳钻进汽车逃之夭夭，王英则撒丫子一口气跑到了天津，"大汉义军"从此销声匿迹了。

德王也跑了，跑到了包头，抗战胜利后，在北京闲居。1950年初，德王、李守信逃往蒙古人民共和国，后被蒙古逮捕并送至中华人民共和国。中华人民共和国将德王以伪蒙疆首要战犯关押于张家口，1963年因特赦被释放，并恢复政治权利，被聘为内蒙古文史馆馆员。曾主持编成《二十八卷本词典》（蒙文），著有晚年回忆录《德穆楚克栋鲁普自述》。1966年5月在呼和浩特过世。

至此，日军进攻绥远以失败告终，蚕食华北的阴谋也破产了，史称这次抗战胜利为"绥远大捷"。绥远抗战是国民党自九一八事变后，对日作战取得的第一次全面胜利，其意义重大、影响深远，举国一片沸腾。天津《大公报》上还刊登了一首诗："塞外蓦地传佳讯，初闻涕泪满衣裳。环甲将士愁何在？垂髫稚子喜欲狂。"虽然套用了诗圣的诗，但欣喜之情跃然纸上。

绥远大捷的喜讯很快传到延安，中共中央决定派出以南汉宸为团长的慰问团，携带毛主席的亲笔信，赴归绥慰问将士。南汉宸与傅作义在1910年同为太原陆军小学同窗，感情甚笃。

南汉宸率领慰问团走到归绥城外十里远的一个土岗子，突然遭到一伙不明身份的人的伏击。幸亏傅作义派出接应的一个排及时赶到，打散了伏击的人，慰问团除了一名团员左臂挂了花以外，其他人并无大碍。傅作义下令彻查此事，但也没弄出个头绪，便以为是土匪打劫。直到几天后发生了刺杀南汉宸事件，才明白这一切都是军统特务有组织有目的的统一行动。

关东军第一次惨败，嚣张气焰受到打击。田中隆吉跑回东京向天皇谢罪，日本军部不少人咆哮着，要和傅作义较量。此时，日本关东军的顾问小滨大佐却非常冷静。他身穿和服，挎着武士刀，在房间里来回踱步。然后，他坐到榻榻米上，喝了一口茶，拿起一枚围棋子用手反复地捻着。突然，镜片底下的小眼睛射出凶光，他呼地站起身，狠狠地将棋子摁到棋盘上！他断定有人事先泄密，不然，傅作义为什么对日伪军的进攻计划了如指掌？但他拿不准问题究竟出在哪里，泄密的内奸到底是谁。最后，他想了一个权宜之计，命令穆克登宝接替王英残部，换防锡拉木伦庙。因为穆克登宝是铁杆"蒙奸",他守着锡拉木伦庙,日本人才放心,这样溥仪来了他们才会安全。

穆克登宝明知是金宪章所为,但他不敢明说。一是羽山在战斗中被流弹击中,见了天皇;二是他没有抓住刘铁,不好与之对质,只好在心里暗暗发狠。

这里交代一下,当时伪蒙古军各师都有日本顾问,实际上就是特务。这些特务归机关长领导。除了羽山,还有一个就是小滨大佐。但同是机关长,羽山与小滨"各为其主"——小滨的直接上司是关东军,而羽山却归天津驻屯军领导。由于这个缘故,羽山和小滨的关系就很微妙。因为两个人都想在内蒙古这里建功立业,为主子争光,所以两个人互相拆台,相互掣肘。刘铁送情报这事,只有羽山和穆克登宝知道,小滨大佐被蒙在鼓里。

锡拉木伦庙。

一辆黑色的轿车飞快地开来,后面是几辆摩托车,冒着烟,挎斗里坐着气势汹汹的日本特务,跟着的是一大队伪军骑兵,扬起一阵灰尘。伪骑兵七师师长穆克登宝跳下马,快步跑上前去,哈腰拽开车门,一身军装的小滨大佐傲气十足地钻了出来。听到动静,金宪章从屋里跑了出来,立正敬礼。小滨大佐端详着金宪章,目光阴冷。此时,他突然对金宪章这个国民党军官满腹狐疑。他心想:我慢慢收拾你!他相信中国的一句老话,是狐狸终究要露出尾巴。他对着穆克登宝一挥手：换防！

金宪章知道这一天早晚要来，进攻绥远的枪声一响，他就知道"密令No.1"行动没有希望了。金宪章敬礼后，回到屋内，不一会儿，和徐教右、石远奇等几名军官走出来，整队，准备撤出。小滨大佐、穆克登宝站在原地观望着。金宪章带队走了出去。正当小滨大佐为他的部署得意之时，突然，一阵人欢马跃，金宪章一马当先，带着部队反冲回来，他对准小滨大佐连开三枪，蜂拥而至的官兵对着日本特务和穆克登宝的骑兵一阵狂扫。小滨大佐啊的一声倒在地上，挣扎几下，气绝身亡。穆克登宝毕竟骑术高超，反应也快，跳上战马，一个镫里藏身，打马冲了出去……

枪响锡拉木伦，并不是金宪章的临时应变。他早做通了部下的工作，想好了应对之策。所以，金宪章走出庙门，就迅速反身杀回。小鬼子和伪军做梦都没想到有这样的下场，猝不及防，稀里糊涂做了枪下之鬼。这一阵乱枪，除了大特务小滨之外，死了二十七个日本人和二百多个伪军。这就是轰动一时的"锡拉木伦事件"。

锡拉木伦庙枪响之时，刘铁正在房间里看报纸。突然房门被无声地打开，一个三十多岁的女人面带微笑走了进来。刘铁闻到了一股浓烈的香水味。刘铁刚要发话，女人扭动着腰肢，轻轻地叫了一声："金刚先生，别来无恙啊！"刘铁闻言，微微一怔，但马上恢复了平静。金刚是他在军统内部极其隐蔽的代号，只有戴笠和几个高层官员知道。女人严肃地说道："戴老板指示，你现在服从军统归绥站领导。共产党派来慰问团，我们董站长派人在土岗子设伏，没有得手。戴老板命令我们不惜一切代价刺杀南汉宸。""需要我做什么？""我们已经有了安排。傅作义明天晚上举行欢迎中共的宴会，到时候我们的人会行动。如果失手，你接替执行，杀了南汉宸。""能说得具体一些吗？""不行，规矩你应该比我们懂！戴老板不是让你执行'密令No.1'行动吗？记住，戴老板特意交代，刺杀中共慰问团，刺杀南汉宸，这才是真正的'密令No.1'！""我怎么进入会场？""金刚先生，别忘了，你是绥远大捷的头号功臣，这场合怎么能少了您！"女人说完，对着刘铁来了个飞吻，"真是个标准的美男子！祝你好运，拜拜！"然后转身，扭动着腰肢飘然离去……

当天夜晚，中共中央慰问团驻地。一个哨兵在门口笔直地站立。突然，一个飞镖打来，嗖地钉在门框上。哨兵拔枪，眼睛警觉地四处搜寻一下，除了朦胧夜色，什么也没看到，便起身拔下飞镖，走进屋内。南汉宸展开飞镖上的纸条，只见上面写道："明日宴会，小心刺客！"南汉宸合上纸条，神色凝重……

一座金碧辉煌的大厅里，灯红酒绿，一台留声机播放着肖邦的钢琴曲，为这里欢快轻松的气氛锦上添花。一张铺着白色桌布的长桌上，围坐着傅作义、南汉宸等国共两方的与会人员。傅作义身边坐着刘铁，南汉宸身边坐着一个二十多岁的女孩子，梳着齐耳短发，像个大学生。傅作义端起酒杯，致欢迎词，大意是欢迎慰问团的到来，拥护共产党的抗日主张，尤其是看了毛先生的亲笔信，备受鼓舞。军人就应该抵御外侮，马革裹尸……随后，南汉宸站起身来，端起酒杯，致答谢词。刚要开口说话，一位侍者双手端着果盘从远处向桌子慢慢走来。刘铁侧过身子，一边专注地听着讲话，一边偷偷地用眼睛的余光观察着这个侍者。侍者走到距离桌子五六米处，正对着站立的南汉宸，他一手端着果盘，一手慢慢伸向衣服口袋，迅速拔枪。与此同时，坐在南汉宸身边的女子迅疾站起，抢先对着侍者就是一枪，正中侍者前胸。侍者应声栽倒，果盘噼里啪啦散落一地。正当人们大惊失色之际，站在傅作义身后的侍卫马平突然举枪向南汉宸射击，一枪击中南汉宸的前胸，南汉宸身体一晃，瘫坐在椅子上。事发突然，谁也没料到傅作义的侍卫也是个杀手。

马平得手后，紧接着抬枪打碎吊灯，宴会大厅顿时黑暗下来。在开枪的同时，马平转身就跑，刘铁抓起桌子上一把用来分割羊肉的刀子，甩向马平，不偏不倚，正中他的后脑勺……

宴会厅内一阵大乱，一群荷枪实弹的警卫冲进来，站成警戒队形。傅作义勃然变色："壮秋！康壮秋！""到！"

一个上校军官应声跑来。"警卫工作怎么搞的？丢人现眼，一塌糊涂！""司令，卑职一定彻查，给您和中共一个满意的交代！"

这时，大厅亮起烛光，一帮人将南汉宸抬了下去。刘铁脸上极为平静，内心却五味杂陈，有内疚，有遗憾，有愤慨……

嘀嘀嗒嗒，一条电波穿云破雾，飞向南京。戴笠看到归绥站报来刺杀成功的电文，嘴角抽动一下，得意地笑了。

中共慰问团就要离开归绥了。经过两次变故，傅作义对慰问团安全返回延安做了精心部署，他派了一个车队，由一个连的兵力护送，同时还给延安送去了几车绥远大捷缴获日本的军械物资，这对于枪支弹药短缺的延安来说，无异于雪中送炭。

车队排好，等待出发。

刘铁突然看见南汉宸笑容满面地和傅作义从屋里走出来，不由得内心一惊，眼睁睁看着他中弹，怎么竟然毫发无损？南汉宸和傅作义并肩走来，边走边微笑着和傅作义朗声交谈："宜生兄，你的金丝软甲果然刀枪不入，名不虚传啊！"傅作义苦笑了一下："汝箕，也多亏了你加了一块钢板。不过你们共产党人的胆识和胸襟，我傅某人算是领教了。佩服佩服！"刘铁抑制着激动和兴奋，跑上前去对南汉宸敬礼。南汉宸微笑着对刘铁说道："你冒死送来情报，为绥远大捷立了头功。你是真正的英雄，我代表中国共产党，代表红军，向你致敬！"刘铁含笑说道："国难当头，匹夫有责。何况我是一名军人！"南汉宸和刘铁握手道别，刘铁感觉南汉宸手里有个纸团，便若无其事地攥住，很自然地揣进了口袋里。

送走中共慰问团，刘铁回到住宿的屋里，迫不及待地把纸团展开，一行熟悉的字迹映入眼帘，他显得异常激动和兴奋。这是他的直接领导——我党隐蔽战线杰出的领导人，时任中共中央联络局局长李克农写给他的，只有寥寥几个字："布谷鸟，设法留绥。致敬！"

刘铁将纸团吞下，翌日他向南京发报，详细汇报了傅作义的情况和刺杀行动的经过。这消息确实给了戴笠当头一棒。戴笠恼羞成怒。他已经把行动成功的消息当面向蒋介石汇报了，蒋介石相当满意和高兴，今天却是这样的结果，让他如何自圆其说？戴笠在办公室里坐立不安，大骂归绥军统站站长董其峰。另外，他也没想到傅作义与共产党的高层有如此深的渊源，便权衡再三，决定把刘铁留在傅作义身边。戴笠喊来秘书，把事情交代清楚后，感到身心俱疲，便倒上一杯红酒，喝了一口，然后颓然地坐在沙发里，双手夹额，轻轻地叹了一口气……

在锡拉木伦庙事件后，金宪章带着队伍投靠了傅作义，后为国民党第二战区新编第二师师长，率部抗日，也奉命到太行山"围剿"过刘邓大军。日本投降后，他因病寓居郑州，1949年卒，终年六十四岁。

1948年12月1日，中国人民银行成立，南汉宸被任命为中国人民银行首任行长，他是我国金融事业的奠基人和开拓者之一。

1949年1月31日，傅作义率部起义，北平和平解放。这座具有千年文明历史的古都回到了人民的怀抱，时任傅作义副参谋长的刘铁功不可没……

傻狍子

1939年，刚进10月，大青山就迎来了第一场雪。这场雪好大呀，整整下了三天三夜，直下得千山戴帽，万树披银，沟满壕平，兔隐狐藏。下雪在山里本是稀松平常的事儿，但对于在大青山里坚持打游击的抗联三军六师独立大队，那无疑是雪上加霜，因为大队已经断粮两天了。

说是独立大队，其实也就是一个班的战斗员额。原先独立大队有三十多号人，经过几年大大小小的战斗牺牲的，再加上有两个开小差儿的、因病自然减员的，现在就剩下十一名战士了。前两天，队长李万堂派大老崔下山弄粮食，结果到现在音信皆无，不知道是被俘了还是当了逃兵，抑或是遇到了豺狼虎豹不幸葬身其口，还是迷山了或者被雪埋了，总之到现在是活不见人死不见尸，一点儿消息也没有。

李万堂这个一米八的山东大汉一筹莫展，再不弄点儿粮食，这些人就得活活饿死。他摸着满脸的络腮胡子思来想去，万般无奈，想到了"傻狍子"吴黑丫，只有让她下山了。因为吴黑丫的老家就在山脚下的张油坊——人熟道也熟，尽管吴黑丫是个女的，尽管她又黑又瘦，尽管她只有十九岁，尽管她叫"傻狍子"。

狍子，这种粗饲野生动物有些呆萌，近乎于傻，就是猎人对着它开枪它都不知道躲，所以人们都把它称为"傻狍子"。进而在东北，一个人木讷，一根筋，心眼实，都会被冠以"傻狍子"的美誉。这项桂冠基本上是男人专属，但也有个例。吴黑丫就是证明。

吴黑丫长得确实黑，瘦小枯干。她爹抽大烟，把房子和几亩山地都败祸了，末了归终没招了，只好把她卖给了张油坊屯的张财家，给张财的儿子张大愣当了媳妇。张大愣不是愣，实际上就是缺心眼，叫他傻狍子倒是名副其实。但大愣他爹张财脑袋瓜子灵光，开了个小油坊，日子也算过得不赖，于是花了几块大洋，把吴黑丫买来了。虽然吴黑丫又瘦又小又黑，但他儿子这熊样儿，能有女人搂，能给他们张家传宗接代，张财就阿弥陀佛烧高香了。

张大愣是独苗。有些事儿还真说不清道不明，也没地方讲理。那时孩子随便生，可老张家辈辈单传，到张大愣这儿已经是第四代了。

吴黑丫嫁给张大愣是两年前的事，也就是说吴黑丫真正成为女人才刚刚十七岁。那时候，吴黑丫这样的岁数就属于大龄青年了。

　　张财娶上了儿媳妇，成天美滋滋的。可美了大半年就美不下去了。咋的呢？吴黑丫的肚子始终不见大。这让张财抓心挠肝，憋气窝火呀。于是，他赶着二马车，拉着老婆、儿子、儿媳妇一家四口，四处瞧大夫。大洋票子没少花，草药渣儿都能攒几麻袋了，可吴黑丫的肚子依旧没有动静。看病拉他老伴儿干什么？儿子傻呀，有些背人的事老公公不好上手，婆婆正好啊。

　　这天，张财听一个买油的老乡说五十里开外的方台子有个老中医，专门看这病，家传秘方，特别灵验。张财急忙关上门，套上车，拉着全家上方台子。为这一等一的大事，张财毫不犹豫。别说五十里，要他像唐僧一样去西天取经，他都没二话。

　　二马车拉着四个人，走出二十里地远，出事了。

　　他们碰上了日本山林讨伐队。

　　为了消灭抗联，日本人抽调宪兵、伪满洲国军、警察组成讨伐队，专门进山打抗联。这伙人无恶不作，有时杀几个平民百姓充当抗联，邀功请赏，何况遇到高头大马小媳妇，哪还能放过这等好事！

　　山林队这帮家伙叽里呱啦地冲上来，张财机灵，知道情况不好，蹦下车，一磨马头，把车横在路中间，忙叫老伴儿、儿子、儿媳妇跳车钻山，自己豁出去了。吴黑丫几个人跳下车，奔山里跑去。张财深吸一口气，拨正马头，跳上

傻狍子

车，直起腰板站定，一鞭子狠狠地抽下去，枣红马仰起脖子长嘶一声，嗯嗯地放开四蹄儿，顺着大道向前冲去。山林队不容分说，举枪就打，张财一下子就跌坐在车铺上，滚落到车下。枣红马迎着呼啸的子弹，冲过山林队，向远处狂奔……

山林队慌乱地躲开马车，又迅速聚拢在一起，对着逃跑的这三人练起了移动目标射击。张财老伴儿没跑几步就被一根干柴棒子绊倒了，她挣扎着站起来，还没等跑，一个枪子从后脑勺钻进去，她一声没吭地就扑倒在地。张大愣一个劲儿地照直跑，哪能跑过枪子？没多远就背后中弹，身子一挺，四仰八叉地摔倒了。倒是瘦小枯干的吴黑丫绕着树空画着曲线跑得飞快，子弹不时地从她的身旁呼啸而过，有时她刚被大树挡住身体，那子弹就噗噗地揍在她身后的树上。就这样，吴黑丫很快出人意料地消失在三八大盖的射程之外，有惊无险地躲过了这一劫。

照这么说，吴黑丫挺机灵啊，怎么落个"傻狍子"这个不咋的的外号呢？

吴黑丫从小在山根儿下长大，经常和小伙伴在树空里奔跑，藏猫猫，正应了"轻车熟路"这个词儿，加上她身子轻，又年轻，所以得以逃生。她不知身后的人是否还在追，也顾不上回头，只是一个劲儿地向前狂奔。不知跑了多久，也不知跑了多远，她就觉得脚下一软，整个人从一片枯草烂叶上漏了下去，扑通一声，掉进一个深坑里。草末子上下飞溅，随风打着旋儿。吴黑丫眼前一黑，就什么也不知道了。

吴黑丫掉进了猎人捕捉动物的陷阱里。等她醒来时，着实让她出了一身冷汗——她四周围着一帮胡子拉碴、破衣烂裤的男人。她急忙闭上眼睛，脑子里飞速地回忆着，想起了她去看病，想起了半道儿上遇到了山林队，想起了一家四口就她自个儿跑出来了，想起了后来她掉进了一个大坑里，后来呢，她就想不起来了。这帮男人是干啥的？

"来来，都出去吧，原来是个丫头片子啊。咱这一帮大老爷们儿，板上钉钉是把孩子吓着了！"说话的人一脸络腮胡子，看来是他们的头儿。围着吴黑丫的人都出去了，吴黑丫的心里更没底了。屋里就剩她和这个大老爷们儿了，她猛地睁开眼睛，惊恐地盯着络腮胡子。

"丫头，别怕，是我从坑里把你捞上来的。我还寻思能弄着一个活物，我们开开荤呢。没想到，嘿嘿。"络腮胡子挠了挠脑袋，显得有点儿不好意思。

"大爷，你们是打猎的？"

"嗯哪。不过打的是两条腿的狼。"络腮胡子就是李万堂。

"两条腿儿——狼？"

"山林队，不就是两条腿的狼吗？"

吴黑丫一听"山林队"这仨字，血肉模糊的一家人立马在她的眼前嗖嗖地打转儿，啪啪的子弹在她的眼前横飞，她脑袋瓜子涨得老大，耳朵里嗡嗡乱叫，她声嘶力竭地大叫一声，又昏死过去了……

一个月后。

吴黑丫和李万堂还有一个外号叫"小钢炮"的小伙子下了大青山。第二天中午，三人走进了张油坊。一进家门，赫然可见枣红马正在槽头吃食，吴黑丫眼泪唰地喷涌而出。

响声惊动屋内人。门开处，一个五短身材、蒜鼻头、斗鸡眼、梳着分头的男人一脚门里一脚门外地站定。当他瞪圆小眼睛，看清来人是吴黑丫时，十分惊讶："你、你、你没死啊？"说完，自觉失言，忙讪笑着跑了出来。

"三叔，你咋在这儿？"吴黑丫也是一愣。被吴黑丫叫三叔的这个小个子男人名叫张忠，是张财的叔伯弟弟，住在张油坊后屯。张忠不务正业，好吃懒做，没家口，光棍儿一个。张财讨厌他，俩人从不来往，他咋到自己家里来了？吴黑丫有些纳闷儿。

张财全家外出看病，遇到山林队，无辜丢了性命。倒是枣红马死里逃生，大清早儿跑回了屯子。老马识途啊。枣红马回到家门口，仰脖嘶鸣，惊动了邻居，出来一看，车上有一大摊子血迹，知道情况不好，便大呼小叫。乡亲们纷纷聚拢上来，围着枣红马，七嘴八舌，议论纷纷。张财在这个屯子里没有直近的亲人，大伙琢磨来琢磨去，最后想起了后屯的张忠，便打发人把张忠找来了。

张忠和几个热心肠的乡亲顺着大道跑了小半天，终于发现了张财一家三口，尸体都硬了。大伙断定张财一家不是遇到胡子就是遇到了山林队，吴黑丫十有八九是被凶手劫走了，就是有幸逃脱，八成也是喂了野狼。张忠煞有介事地号了几嗓子，在乡亲们的劝说下，找了块儿向阳坡掩埋了这苦命的一家三口。

回到张油坊，大伙一边叹息，一边议论着张财扔下的这不薄不厚的家业。没啥争议，这只能归张忠了。

张忠从一无所有到一下子白白捞到这些钱财，只在一夜之间，让他做梦都没想到，突然来临的幸福让他有点儿发蒙。等人都走后，张忠一下子蹦起来，压低声音吼了一声。然后他盯着屋里的犄角旮旯看个够，又里外蹽跶好几趟儿，他的手微微抖，脚微微颤，他觉得嘴里的唾沫都微微发甜。他躺在炕上打着滚儿，小东沟儿的刘寡妇俊俏的面庞在他眼前直晃悠……

可这兴头儿还没过劲儿呢，突然出现的吴黑丫让他的浑身一下子冰凉梆硬，仿佛自己整个儿掉进了一个冰窟窿里。但他马上稳住了神儿，瞅瞅吴黑丫，又瞅瞅跟来的两个人，迅速收住了笑容，阴阳怪气地说道："侄媳妇儿，这些天我就琢磨呢，我哥我嫂子还有我那愣侄儿到底是咋死的？这回好了，你回来了，给我把话说明白了吧？"

　　张忠的话刚一说完，吴黑丫一下子就憋不住了，张嘴就号上了。半晌，她擦了擦眼泪，把事情的经过学了一遍。张忠小眼珠子转了转："你说得有根儿有梢儿的，可让我咋信呢？你今天领着这俩大老爷们儿回来了，照直说，想咋的？"

　　"三叔，我没想咋的，我就想把家里能带走的都带走，带不走的就留给你了。"

　　"啥？你说啥？"张忠跳起脚来，指着吴黑丫的鼻子说道，"你想得挺美呀。这回我算明白了，你勾引野汉子，把我苦命的哥哥嫂子还有我那愣侄儿害死了，现在回来夺家产来了。侄媳妇儿，你有点儿过分了吧？欺负我们老张家没人哪？"

　　听张忠这么一说，吴黑丫气得浑身直哆嗦，竟然一句话也说不上来了。李万堂见这架势，不能不吱声了。他向前挪了下脚步，冲着张忠一抱拳："老哥哥，你冤枉丫头了。"张忠一抡胳膊，跳着脚冲着李万堂喊道："我们老张家的事儿，哪有你说话的份？"

　　李万堂对张忠说："老哥，你哥哥他们一家的确死在山林队手里。我们来没别的目的，实话告诉你，吴黑丫投了我们抗联，我们来拉点儿粮食。我们讲理，不白要，该多少钱给多少钱。"

　　张忠缓过神来，一听给钱，马上换作笑脸，手一伸：

"我也没说别的，那中，钱呢？"

吴黑丫推开张忠的手："队长，给啥钱？东西本来就是我的，凭啥给他钱？"

"哎我说侄媳妇儿，你这么唠嗑就不对了，咱们一笔写不出两张，你咋胳膊肘往外拐？"

"往哪拐你管不着！套车，装东西！"

枣红马拉着满车的东西走出张油坊。张忠老远站在后面跳着脚大喊："吴黑丫，你就是个大傻狍子！"

离张油坊不远的黄家沟儿有个打猎的叫丁柱子。有一次丁柱子在大青山里碰上了山林队，双方交上了火，危急时刻，被李万堂他们救了下来。从此，丁柱子暗中为独立大队做事。

吴黑丫从丁柱子家背回半袋玉米面，还有点刀口药，上了山。快到营地时，天刚蒙蒙亮。吴黑丫正向前走着，猛然听到两声像鹿的叫声。她停下脚步循声望去，见前面有两只灰白的动物，她定睛一看，是两只狍子。吴黑丫放下东西，照直走去。按说，有人来了，狍子应该立刻跑掉。可等吴黑丫走到跟前，狍子依旧一动不动。吴黑丫不禁扑哧一下乐出了声："真是傻狍子啊，一点儿都不冤。"

但接下来的事让吴黑丫对傻狍子、对整个低级动物有了截然不同的看法。

眼前这对狍子一身灰白，显然是一公一母。那母狍子被打猎设下的一个铁夹子夹住了右腿，公狍子用蹄子着急地扒拉着，不时发出鸣叫。吴黑丫眼睛湿润了，她突然想起两年前遇到山林队的事，她觉得自己还真不如眼前的傻狍子。狍子还知道救护同伴，遇到危险也不独自逃生。她那时却谁也不顾，只管自己疯跑活命。唉，怪那时自己还是个孩子呀。

吴黑丫叹息一声，蹲下身子，用力掰开铁夹子，抽出狍子的右腿，回手把裤脚子撕开，扯下一条布，从怀里掏出刀口药，敷在上面，把狍子这只受伤的腿包好。公狍子显得十分兴奋，伸长脖子蹭蹭母狍子，回过头来望了吴黑丫一下，用头温柔地拱了拱吴黑丫的大腿。吴黑丫摩挲几下狍子的脊背后，用手解开布袋子，捧出一把玉米面，两只狍子大口地吃了起来。一捧、两捧……吴黑丫知道这一捧玉米面意味着什么，它可能是一个抗联战士的生命啊！

狍子吃饱了。它们晃了晃脑袋，甩了甩大耳朵，鼓了鼓大眼睛，摇了两下兔子似的短尾巴儿，然后一个劲儿地低头蹭吴黑丫的小腿肚子。

吴黑丫拍了拍它们的脊背，弯腰背起小半袋儿玉米面向营地走去。走了两步，忍不住回头瞅一下，这才发现两只狍子在后面慢慢地跟着她，其中一只狍子走一步倒下，支撑起来再向前再倒下。吴黑丫愣愣地看着，眼睛湿润了。就在这时，树梢上突然飞起一只青雕，张开硕大的翅膀在狍子的上空盘旋着。吴黑丫马上意识到接下来会发生什么，急忙

扔掉肩上的玉米面袋子，向狍子扑去。果不其然，青雕盘旋
几下，猛地向受伤的狍子俯冲下来，直线下降，速度极快。
就要冲到狍子上头的时候，恰好吴黑丫赶到，恶狠狠的青雕
显然受到了惊吓，一扇翅膀，从吴黑丫的头顶上掠过，一股
疾风吹得吴黑丫脊背发凉。吴黑丫直起身的一刹那，她几乎
要疯了。原来，青雕飞快地划过她的头顶，翩然向前，两只
爪子猛地抓起地上的玉米面袋子，迅速拔高，眨眼间就飞
远了……

　　吴黑丫就觉得天旋地转，两边的树齐刷刷地向她砸来。
她大叫一声，一口鲜血喷出，便昏倒在地……

　　当吴黑丫慢慢睁开眼睛时，蒙蒙眬眬地感觉到身子两边
热乎乎、毛茸茸的。她使劲儿睁开眼睛，左右一看，猛地抬
起胳膊，紧紧搂住趴在她身体两边为她取暖的两只狍子，眼
泪噼里啪啦地掉了下来……

　　当吴黑丫抱着那只瘸了右腿的母狍子，领着公狍子出现
在营地的时候，当她把刚才发生的一切告诉大伙的时候，
李万堂的脸唰地变色了。还没等他发话，战士们一下子就
炸山了："吴黑丫呀吴黑丫，我们原先叫你傻狍子，是逗你
玩儿，现在看来叫你傻狍子一点儿都不冤枉你呀！""傻
狍子，你弄丢了粮食，这不要了我们命吗？你和山林队差
啥？简直就是一伙的！""你这不是故意的吗？赶紧按军法
处置！"

一位战士脸憋得通红，大叫一声，抡起大刀，奔着狍子就砍过去。两只狍子眼珠子瞪得老大，一丁点儿也没有害怕的意思，只是相互靠了靠，紧紧地依偎在一起。吴黑丫毫不犹豫，一下子扑上去，双手搂住狍子，整个身子趴上去，护住了狍子。

人们都不吱声了，瞪大眼珠子瞅着李万堂。李万堂阴着脸，踩着雪向前走几步，发出吱吱的响动声，然后猛地磨回身，接着吱吱地走，那响动声显得尤为刺耳。

吴黑丫弯腰搂着狍子，像一个犯了错误的小孩子，羞愧、害怕。她慢慢地回过头，冲着李万堂嗫嚅道："要不，我……我……我再下山……"

李万堂停住脚步，低声地问："吴黑丫，你当时到底咋想的？"

"没咋想，就冷不丁想起我公公、婆婆了，想起那只青雕就跟山林队差不多。"

李万堂听完吴黑丫的话，没有搭茬。他默默地坐在一棵倒木上，从腰里拽出烟袋锅儿。半天，三个手指捏出点烟末状的东西，其实大部分是草叶。李万堂把它撂到烟袋锅里，点着火，若有所思地喷了一口烟雾。突然，他猛地站起身，大手一挥："同志们，我想明白了，吴黑丫同志没做错。"看着大伙不解的眼神，李万堂继续说道，"动物也是有生命、有感情的。我们是抗联的战士，我们能见死不救吗？那我们和毫无人性的日本侵略者有啥两样了？再说，谁承想老雕能把玉米面袋子叼走？"李万堂停住话，抽口烟，继续说道，"事情已经过去了，整死黑丫又能解决啥问题？"李万堂吧嗒几口烟，把烟袋锅对着鞋底猛敲几下，"这么多年我们不都是这么熬过来的吗？大伙别急，我琢磨琢磨，总会有办法弄到粮食的。"然后起身向屋里走去，半道儿突然转过身，用手一指大伙儿，"哎我严肃地跟你们说，今后谁也不许管吴黑丫叫傻狍子了，听到没有？""听到了。"人们有气无力地答应着。

"不，不——我就是个傻狍子！"吴黑丫哇的一声哭了，边哭边伸着脖子大喊……

夜色吞没了大青山。

地窖子里，人们打起了鼾。吴黑丫今晚一点儿睡意也没有，她在屋外一边摩挲着狍子，一边睁着眼睛想着白天的事儿。李万堂队长最后说她做得对，可瞅战士们那样，还是没有原谅她，自己到底对不对呢？迷迷糊糊之际，吴黑丫突然被狍子撞了一下，她下意识地扑棱一下站起身。撞她的公狍子发出一声像鹿的叫声，然后撒开四蹄向山下冲去。吴黑丫一愣，还没等明白狍子这是闹的哪出，就听前面猛然传来一阵嘈杂的人声，显然是狍子冲撞后发生的结果。吴黑丫浑身一哆嗦，马上明白有人上山来了。这时候上这儿来的，没别人，只有山林队。她几步蹿进屋，大喊一声："不好了，鬼子来了！"睡梦中的战士一把抓住搂在怀里的枪，纷纷跃起，冲出屋外⋯⋯

偷袭的人显然知道独立大队警觉了，气急败坏地一边高声叫骂，一边老远地开枪射击。"突围，马奶岭子会合！"李万堂声音极低而又短促，却格外清晰。大伙"嗯哪"一声，飞快地蹿入密林之中⋯⋯

偷袭独立大队的确实是日本鬼子的山林队。

大老崔下山背粮，刚出山，就被几个日本便衣抓住了。他被带到宪兵队，凶残的日本鬼子用尽酷刑，大老崔没能挺住，说出了部队的驻地。山林队趁黑上山，惊动了狍子，不可思议的事情就这样神奇地发生了。

吴黑丫跑进林子，一个劲地向山上跑去。不知跑了多久，天渐渐放亮了，她这才发现自己跑到了大青山的山顶上。她实在跑不动了，喘着粗气坐在一块巨大的石头上，身后是一条山涧，不知有多深。她浑身像散架了一样，清晨的风凛冽地吹来，她感觉到了一阵彻骨的寒意，她使劲地晃了晃脑袋，想让自己精神起来。就在这节骨眼上，吴黑丫猛地跳了起来，但见三十米处，两个身穿黄大衣的日本兵从树后闪出来，端着枪向她瞄准。吴黑丫挺直了身子，迎风站立。她仿佛看到她的公公、婆婆，还有大愣，微笑着向她走来。她听到一声脆响，她真真切切地看到一颗焦黄的子弹打着旋儿向她胸膛飞来。她慢慢地闭上了眼睛，她觉得大青山在翻个儿……

就在子弹接近她的一刹那，吴黑丫眼前闪电般地跃起一道灰白的光，一声呦呦如鹿的鸣叫传来，撞击着她的耳鼓。这声音是那样亲切，是那样熟悉，是那样震耳欲聋。她猛地睁开眼睛，噗的一声，子弹射中了挡在她胸前的一头灰白的公狍子。这头公狍子在她胸前漂亮地翻转一下，大腿使劲儿一蹬，鲜血喷溅了吴黑丫一身，一个摇晃，如同一片深秋枯黄的树叶，飘飘悠悠地坠落到身后的山涧里……

1947年8月，大青山披上了五彩外衣。一场硝烟过后，一个身着东北民主联军军装的女子，策马狂奔。她来到了大青山顶上，从马背上一跃而下，迎风站在一块巨大的石头上，背后是一条不知多深的山涧……

许久，一个战士跑到她面前，立正敬礼："报告吴政委，我们该出发了。"被称为吴政委的这个女子低着头喃喃自语："不，我不叫吴政委，"说罢，突然抬起头对着大山一声呐喊，"我叫傻狍子！"

战士们都不知道为什么，她哭了。

绿蝈蝈如同一片树叶

王立山眼睛瞪得溜圆，那目光唰地一下就把那只绿蝈蝈叼住了。惨白的月光照在雪地上，让这只绿蝈蝈格外显眼。绿蝈蝈像一小块碧玉，掉在地上弹起来又落下，又如同一片树叶被风吹拂着，在白色的宣纸上向前滚动着。突然，王立山抽搐一下，他想起来了，这只蝈蝈好像是梁大刚的那只，是的，绝对没错，就是那只，就是在四方台大桥上从他面前消失的那一只。

蝈蝈居我国三大鸣虫之首，品种上分黑蝈蝈、绿蝈蝈、山青蝈蝈、草白蝈蝈。从体色上讲，黄不如绿，绿不如黑，黑不如赤。从眼睛上分，绿眼称翠眼、黑眼称墨眼、红眼称赤眼。在时间上看，端午节后出现的叫"夏叫"，也叫"夏哥"；立秋后出现的叫"早叫"，也叫"秋哥"；晚秋后出现的叫"冬虫"，也叫"冬哥"。这些知识都是王立山平时挂在嘴上用以炫耀的谈资。

王立山，人送外号"蝈蝈王"。

蝈蝈的寿命九十天左右，到十月上旬，成虫就死了，所以人称"百日虫"。"冬哥"大多是人工饲养的。这大雪天能在野外见到碧绿如玉的蝈蝈，神了，奇了，"蝈蝈王"王立山也觉得有点儿邪门。

郑万昌是奎县数一数二的大地主，他把儿子送到北平读书，还就近买了一套四合院，在京城待了半年多。这半年多时间，他去了八大胡同，去了天桥，看了京剧，吃了烤鸭、涮羊肉、驴打滚儿、艾窝窝。他饱了眼福、口福还有艳福后，就单单迷上了一宗：蝈蝈。嘿，皇城根儿的人真会玩，我们大青山这玩意儿有的是。郑万昌回到家，便叫长工抓蝈蝈，先是显摆、赶时髦，让人知道他也在天子脚下混过，属于上九流。后来他眼珠子一转，一拍大腿，有了，咱把大青山的蝈蝈弄到京城，一转手，卖个高价，连玩带赚。

蝈蝈靠叫声吸引异性，也靠叫声吓走对手。能发出叫声的只有雄蝈蝈，靠翅膀摩擦发声。要想在京城里卖好价，那蝈蝈不仅品相好，鸣声更要好。二者兼之，才为极品。王立山不但能抓蝈蝈，还专门能抓极品蝈蝈。他好像天生就是蝈蝈的克星，和其他人一样出工，一样的地儿，一样的时间，他抓的蝈蝈就比其他人多好几倍，而且都是翅膀宽大、膀墙厚实的。因为蝈蝈的翅膀大而厚，摩擦就有力，鸣声才响亮。

王立山手提着麦秸或是高粱秸秆儿或是柳条编制的蝈蝈

笼子，那里面装着一只两只乃至七八只蝈蝈，人们见了他都恭敬地点下头，有的人对着他的背影投去艳羡的目光。在街上炸大果子的孙二嫂就酸酸地说，三百六十行，行行出状元。看人家，抓蝈蝈就不愁吃穿了。有人打趣，说："二嫂，你不是有果果吗？"二嫂咯咯笑了："咱这果果可比不上人家的蝈蝈。"那人接着说"你的果果最值钱了"，说完捂着嘴坏笑。二嫂眨巴下眼睛，一下子明白过来了，便不理他，扭过头喊一声"大果子咧"。

王立山走到二嫂的摊前，揪下一块大果子，塞进笼子里，蝈蝈的嘴伸过去，吃得很欢实。人们诧异，蝈蝈还吃大果子？他一笑，蝈蝈杂食，啥都吃。说完，抓起两根大果子，扔给二嫂一张伪满洲国绿票子。二嫂冲着阳光照了照，说"你们瞧瞧人家蝈蝈王，就是敞亮，买果子从没让我找过零"。

那年秋天，日本人扛着膏药旗占了大青山，奎县城来了一队骑着东洋马的日本兵。日本兵的头头叫北原，是个少尉。他骑着东洋马在大街上凶巴巴地走着，身子挺得溜直，两只小眼睛一直盯着前方，就是苍蝇从他眼皮子底下飞过，他也一眨不眨。街上的人伸着脖子看，都感觉很吃惊，有胆大的小声嘀咕："哎呀，东洋人旁边的那不是郑万昌家的大少爷郑勋吗！"果然，高头大马下，跟着一个小个子，瘦瘦的，穿着一个马褂，戴着一顶帽子，样式和颜色与马上的北原没啥区别。郑勋鼻梁架一副金丝边眼镜，在阳光下闪着光，闪光的还有他脚上的一双黑皮鞋。郑勋的脑袋随着北原胯下的战刀有节奏地摇晃着，他不时地侧着脸向街道旁瞄一眼，脸上浮现出一丝明显的笑意。

北原好像看不够奎县城似的，每天都骑着马走一趟。人们发现，虽然每次北原和郑勋都走着，衣着和架势没啥两样，但身后跟着的兵不重样，今天穿长的，明天穿短的，隔两天都骑着和北原一样的高头大马。老百姓伸了伸舌头："这日本兵咋这么多，好像比蝈蝈还多。"其实，每天半夜，日本兵悄悄出城，早上再进城。就这二十多个鬼子，只是衣服换换样儿，大小个儿重新排排。挺吓人！

望着远去的队伍，站在道旁看热闹的王立山说："你看我家大少爷多神气！"在他前面站着的梁大刚头也没回地说："你家大少爷不是在北京吗？"王立山刚要回话，感觉有人拽了拽他的衣角，便扭过头，见是李三，他显得有些不耐烦，拉着脸说："咋的了？"李三低下头，小声说道："老爷叫你回去。"王立山把手里的蝈蝈笼举起来，晃了晃，叫了声："大刚。"梁大刚回头，王立山一笑，"刚子，知道这个值多少钱吗？"梁大刚摇摇头："你知道我不稀罕那玩意儿，愿意多少是多少。再说了，你少祸害它，小心这家伙撕了你！"王立山一撇嘴，差点儿笑出了声。他把蝈蝈笼子拎到眼皮子底下，仔细地看了一眼："嗯，今晚就指着你了，能喝一顿了。"说完，得意地对李三一甩头，走了。

梁大刚望着远去的王立山，摇了摇头。他感觉自己和王立山越来越没有什么话可说了，不像在二佐屯那会儿，无话不说。小时候，一起往房檐子上比赛滋尿。再大一点儿，抓鱼打鸟。后来，他先进城去了郝家油坊，而随后王立山就来了，专给郑万昌抓蝈蝈。因为抓蝈蝈，两个人还闹了矛盾。但王立山最后一句话把梁大刚整没辙了："你梁大刚能耐，你给我找一个吃香的喝辣的差事？"

王立山回到郑万昌的宅院，明显感到今天的气氛不同往常。走进郑万昌的屋子，他看见先前跟着北原的大少爷坐在八仙桌子后面啜着茶。郑万昌躺在炕上，平端着烟枪。王立山吸了吸鼻翼，觉得老爷抽的烟确实有股特殊的香味。

王立山对着郑万昌一猫腰，然后把蝈蝈笼子往前一亮，说："老爷，我回来了，您看，这黑眼铁哥……"郑万昌晃了一下烟枪，拦住了王立山的话，咳嗽一声，用烟枪往旁边点了点。王立山立刻明白了，转身对郑勋也是一个猫腰，但幅度明显加大，轻声地说道："见过大少爷。"郑勋用阴冷的目光在王立山的身上扫了一遍，点下头，说："看出来了，你小子挺机灵。现在这世道谁还玩蝈蝈呀？"边说边从腰里拔出一把锃亮的王八盒子，举起来，黑幽幽的枪口对着王立山。王立山一哆嗦："大、大、大少爷……"郑勋站起身，把枪背在身后，踱着方步，慢慢走到王立山面前，突然把手从后面甩出来，锃亮的王八盒子差点儿顶住王立山的肚子。王立山的额头渗出汗珠，郑勋嘿嘿地笑了两声："'蝈蝈王'，不，王立山，也不，应该称呼王队长，奎县宪兵队侦缉队王队长，从现在开始正式上任，这把枪也归你了。"

王立山背着手走在奎县的大街上。他的个子好像明显长高了一截，眼睛也和北原差不多，直直地射向前方。更显眼的变化是他手里的蝈蝈笼子不见了，斜腰挎着的王八盒子随着双腿摆动而上下颠着。他走到孙二嫂的摊前，抓起两个大果子，照例扔过一张票子，转身就走。孙二嫂从匣子里拿出一个小红贴，追了上去。王立山说："你嘎哈？看我不逮蝈蝈了？""那倒不是，你现在出息了，官家人了，我可不敢高攀，整清楚的，一码归一码。"王立山望着孙二嫂的背影，想不明白她抽的这是哪门子风。带着疑惑和不解，王立山走进了郝家油坊。

郝家油坊在奎县是个很吃香的买卖，谁家过日子能离开豆油啊。大青山脚下一眼望不到边的黑土地就产苞米、高粱和黄豆。每到秋天，郝家油坊通宵达旦地亮着灯，伙计们三班倒，门口榨油的四挂马的大车、两匹马的二马车、单个的毛驴车、人力推着的独轮车排一溜儿。正在招呼顾客的郝兴发见王立山来了，刚要开口喊"蝈蝈王"，冷不丁儿地回过神来，满脸堆笑："哎呀，王队长大驾光临，蓬荜生辉啊，里面请里面请！"

王立山绷着脸，摆了摆手，说："郝掌柜的，跟我客气啥，都为了一口饭的事。告诉你，给北原太君的豆油你可别耽误了，我家少爷，啊不是，是郑翻译官，郑翻译官说了，那可是军需物资，整出点儿差错你可吃不了兜着走！"郝兴发连连点头："不能误事，绝对不误事，咱放在心上呢，谁能拿吃饭的家伙式开玩笑？""好，我信着你了，回去也好交差了。"王立山说完，抬腿迈了一步，又转回身，"哎我说，梁大刚呢？""啊，回王队长，他去四方台送货了。"王立山眨巴一下眼睛："挺巧，从明天开始，实行'满洲国'粮谷临时统制法，所有粮食，包括豆油一律禁止出城。""那这、那……"郝兴发吭哧半天，抬头再看时，王立山已经走了。郝兴发站在原地发了一阵子呆，这不让出货，生意可咋做？

梁大刚回来的时候，已经是掌灯时分了。听舅舅说王立山来了，他嗯了一声。郝兴发接着说了粮谷统制，米面油都不允许出城了，他马上来气："这啥世道，还让不让人活了？"郝兴发连连摆手："大外甥，小点儿动静吧，自从东洋人来了之后，咱奎县抓了多少人，崩几个了？"梁大刚把碗一放，索性不吃了，往炕上一躺，两手抱住脑袋，眼睛瞪得溜圆。郝兴发晃了一下脑袋，说："大外甥，咱就一个平民百姓，人随王法草随风，别瞎想了，熬吧！"说完，叹了口气，回上房了。

奎县城东有条河，人们要往东去必须过这条河，过河就是大青山。河上架个桥，叫四方台大桥。人们走在桥上的时候，不但能听到河水的流声、轻柔的风声，更能听到蝈蝈的叫声。自从日本人来了，大青山里也来了专门打日本军队的队伍。所以，奎县的北原总是带着兵出东门，沿着四方台大桥过河进山。他过河之后，山里就会响起枪声，有时稀稀拉拉，有时如同炒豆一般，蝈蝈的叫声就被淹没了。但是，王立山站在四方台大桥上，支起耳朵，依旧能听出哪些是枪声，哪些是蝈蝈的鸣声，尤其是那极品蝈蝈的鸣叫，总是让他心里发痒。他从蝈蝈王变成王队长已经两年多了，虽然忙里偷闲抓了几次蝈蝈，但被郑勋抽了一回嘴巴。郑勋教训王立山，说："你守桥后，是抓了几个给抗联送情报的，咋的，这就有资本了？抗联越来越猖獗，招数也越来越多，你今后把心思都放在抓抗联上，把眼睛给我瞪大喽。出一回差错，小心脑袋搬家。"打那以后，王立山再也没去抓过，实在犯瘾了，就支棱起耳朵听一会儿蝈蝈叫。

这天，王立山听得正来劲儿，梁大刚走来了，手里拎着一只高粱秸秆编织的蝈蝈笼子。王立山问："你小子啥时候好这口了？"梁大刚说："没法子，我那外甥柱子稀罕这玩意儿，昨天正好碰到了，顺手牵羊呗。"王立山拎过蝈蝈笼子，一搭眼，便放出了光："好家伙，正经东西。碧绿如玉，红眼翠哥啊，你看这背多平多阔，这要叫起来嘎嘎响亮。"梁大刚伸手拽过笼子，说："我也不知道啥好啥赖，不像你明白，净整一套一套的，我就是随手一抓，瞎猫碰到了死耗子。""得了吧，你别得了便宜还卖乖。我问你，就为一只蝈蝈过河？""也不是，表姐说给我介绍一个姑娘。""嘿，这是好事，成了请我喝喜酒。哎，我再瞧瞧。"没等梁大刚说话，王立山一把掠过笼子，抓在手里，一下子把秸秆捏扁了，破开的秸秆把他的手拉个口子。王立山一咧嘴，笼子掉到了地上。梁大刚急忙上前攥住王立山的手："可得小心，秋风刺骨啊，别受风。"王立山瞅了一眼地上的笼子，他突然觉得手感上有些不对劲儿，秸秆应该是实心的，怎么他感觉是空的呢？他抬脚碾了一下笼子，变形的笼子裂开一道缝，那只蝈蝈灵巧地从缝隙中蹦了出来，恰好跳到王立山的脚面子上。王立山抬脚甩了一下，那蝈蝈如同一片树叶被风吹走，在他的眼前向前跳跃着，越跳越远。趁王立山看着远处的蝈蝈发愣的时候，梁大刚猫腰迅疾捡起蝈蝈笼子，抬起身时，却迎来了王立山两道狼一样的凶光。同时，一张大手伸来，抓住了蝈蝈笼子。梁大刚双手死命一拽，笼子被撕裂了，但王立山手里还是紧紧地攥住了几根秸秆。王立山和梁大刚的手都被秸秆拉破了，殷红的血滴出来，落到桥面上，滋润进泥土里。

王立山啪地掰开手中的秸秆，空壳，瓤已被掏空，里面塞了黄烟纸。"梁大刚，你——"他惊愕地抬起头，但梁大刚此时已经越过栏杆，纵身跳入了河中。站在不远处执勤的哨兵端起枪，瞄着水中的梁大刚。王立山猛地喊了一声："哎你等会儿。"随着话音，他几步蹿上前托起枪管，说了句"把他交给我"，边说边举起枪瞄准，半晌，啪，一声枪响，正在拼命向前游着的梁大刚身子一挺，随即没入了水里。

北原办公室。

三根高粱秸秆被一劈两半，三小块黄烟纸被展开，上面写着"八""油""楼"三个字。北原拍着桌子，大为恼火。梁大刚显然是给抗联传递情报！但摆在桌子上的这三个字究竟是什么意思？八是日期、人数？油是油料库？楼是什么？会合地点吗？北原恼怒王立山失职，没能拿到全部的秸秆，要不然，抗联的意图就一目了然了。更让他懊恼的还是在几个人的眼皮子底下，竟然让梁大刚跑了。虽然确定他中枪了，但没有找到他的尸体，因此梁大刚是死是活还不知道。北原对沿河地带进行了严密控制，派出搜索队，组织人员打捞，务必活要见人死要见尸。

北原思索了一会儿，对王立山挥了挥手，示意他下去。王立山退着往外走，他看着一直默不作声的郑勋，投去求救的目光。郑勋面无表情，嘴角微微颤动了一下。

王立山出了北原的办公室，郑勋走上前，低声说："太君，我分析，八肯定是日期，现在八号过了，那就是十八或者二十八。油不一定是皇军的油料库，那里重兵把守，抗联不会拿鸡蛋碰石头。我断定是郝家油坊，抗联也得吃油啊。再说送情报的梁大刚是郝家油坊掌柜的郝兴发的外甥啊！"北原一边点头，一边站起身，在办公桌的后面来回走了几步，一只手摩挲着下巴。郑勋继续说道："这个楼可能是饭店魁星楼。魁星楼老板刘雪松一直很激进，我怀疑他是一个反满抗日分子。这样看来，抗联是想里应外合进城取油，会合地点就是魁星楼饭店。"北原龇牙一笑，说："郑桑，既然你判断得如此准确，那还等什么呢？""太君，我们守株待兔，瓮中捉鳖，然后再进一步行动。"说完，郑勋狠狠地把两只手扣在一起，仿佛是死命地掐住了进城取油的抗联战士们。

18号过去了，28号过去了，奎县风平浪静。但是29号这天，警笛鸣响，狼狗狂吠，郝兴发和刘雪松被五花大绑地抓进了日本宪兵队。没过几天，两个人又被放了出来，只是郝家油坊和魁星楼都改名换号了，成了郑万昌家的私财。北原坐在办公桌前，两眼放着光，端详着满满一匣子金条。片刻，他拿起一根金条，一只雪白的手套沿着金条轻轻地上下滑动着。

北原这只白手套刚刚抽了王立山一个嘴巴，接着拔刀，吓得王立山尿了裤子，得亏郑勋求情。

　　王立山走在奎县的大街上，他手里没有了蝈蝈笼子，也没有了枪。他不知道自己要去干什么，也不知道往哪里走。有时候他会突然问："咋不见孙二嫂了呢？想她的大果子了。"这时有人抢先趴到他的耳根子前一字一顿地说道："你真疯了？孙二嫂不是让日本兵打死了吗？"说完，把手攥成拳头在他眼前狠狠地晃了晃。王立山一怔，不言语了，悄悄地转身走了，就像寒风中走进草稞里的一只蝈蝈。但每当王立山走出奎县，走过四方台大桥，走进大青山，听见蝈蝈的鸣声，立马就精神起来，仿佛换了个人似的。

　　王立山就鬼使神差地走进了大青山，竟不可思议地遇见了一只碧绿如玉的绿蝈蝈。

　　惨白的月光下，王立山盯着雪地上一蹦一跳的绿蝈蝈，他放稳脚步，猫着腰，身子尽量前探，双手半合拢，瞅准机会，向前纵身一跃，脚下蹬起一股雪烟，手迅疾下摁，像凭空掉下一只铁腕，飞速地罩住绿蝈蝈。这动作非常协调，也特别迅速，只在眨眼间。王立山双手扣住蝈蝈的时候，力度外硬内软，手的空间和时间必须拿捏得恰到好处。因为蝈蝈身子娇贵，力度大，空间小，会伤及蝈蝈身体，尤其是翅膀，那样即使抓到也废了，因为蝈蝈不能鸣叫。力度小，空间窄，时间慢，蝈蝈容易逃掉。但，只要王立山上心，只要他蝈蝈王抓蝈蝈，还从未失手。何况眼前是从未一见的极品"冬哥"！王立山使出全身法术，这一下真是一击中的，绿蝈蝈已然被他稳稳地控制在手里，王立山感觉蝈蝈轻轻摩擦他的掌心。那感觉真是美妙极了。这一切，从王立山一跃而起到稳捉绿蝈蝈之际，也就是几秒钟时间。等他捧着胜利果实要站起的一刹那，只听哗啦一声，雪烟四起，吞没了王立山。王立山大叫一声，随着一大片一大片棉花包似的雪块坠落下去。原来，王立山扑倒的地方是一个悬崖，雪沿着崖边长出去半米多长，那只绿蝈蝈就在这半米多的舞台上表演。

　　第二年春天，人们在山崖下发现了王立山。他早已经死了，但双手仍然紧紧地合拢着。人们使劲地掰开他的手腕，一片树叶从掌心中悠悠地飘了出来。让人们惊讶的是，这片树叶的颜色还很绿，在微风的吹拂下，向远处滚去，如同一只绿蝈蝈，一蹦一跳的。

后记

我自2017年开始文学创作，已结集出版一部小小说集，名曰《寻找蓝色的眼睛》。今天又结集出版中短篇小说集《窦城往事》。人生会有许多往事，遥远的往事会留给人们清晰的记忆，而这些清晰的记忆会带给人很多美好的回忆和思索，这些回忆和思索进而震撼人的心灵，震撼之外就会让人忍不住想说点儿什么，写点儿什么。真好啊，人生如此，夫复何求？快哉，乐也！

我觉得我正在做一件伟大的事情。

按照惯例，作者在自己的作品结集出版后，都要写一段话，谈谈创作动机和历程以及经验等等，谓之后记。这方面我说不出什么新意，唠两句俗嗑吧。因为热爱，写了如上稚嫩的作品。由于才疏和天赋欠缺，加之努力不够，自然写得很苦。但每个写作的人都会以苦为乐。经验不敢妄谈，但我觉得小说家或者诸如我这类的文学爱好者，首先要讲好故事。一篇小说云山雾罩，故弄玄虚，看后不知其所言，我坚决不赞成（说反对还不够资格）。结集出版这部小说，目的就是为自己的文学路上标上一个记号，同时还是老生常谈那句话：一切都是过眼云烟，唯有文字永恒。自己就是个俗人，虚度59年，也没有什么辉煌的业绩，留点儿真诚的文字吧，无论你们爱与不爱。

反正我爱。

我热爱生活，因而我更热爱文学。有的作家说他要写出天下所有人的心事，我没那个本事，我就想写出我的热爱，让自己的人生有一个高度。

我就一米七，高是不能高了，只有缩的份儿，但心一直高。虽及耳顺之年，可谓老骥伏枥。欣逢盛世，又自恃粗通文墨，还不甘寂寞，敢不以笔为马，驰骋纵横，尽管孤芳自赏，但求聊以自慰，不枉人生也。

按照惯例，后记里的感谢是必须说的。但我要感谢的人实在太多，每一个与我生活在一块土地上的人，或者远在天涯海角的人，只要我们有过一点点交集，哪怕是擦肩而过，都是我的恩人、朋友、良师，那缘分、那真情自不敢忘。所以，纸短情长，在此不一一赘述。然而，我仍然要提一个人，也就是爱民主编。他是主编，我是无名作者，我们成为朋友，应该是文学的力量。他的诗写得特别棒，能用诗一般的语言屈尊为我作序，我除了感激之外还是感激。

好了，话不多说，还是老老实实做人、踏踏实实写字吧。对了，还是那句话，有时间我请大家喝酒！

写完这段文字，发现今天是个值得纪念的日子。打开手机，微信几乎全是相同的话题。2呀，今天好多2。那就尽情地2吧，余生永远2，也绝不奸诈，更不会道貌岸然！

于博

2022年2月22日